Morar num Veleiro

Morar num Veleiro

Primeira edição

EDITOR INDEPENDENTE
Recife- Pernambuco- Brasil

Para Rosa ♥

Agradecimentos

Esta obra, embora possa parecer autobiográfica, como em todas as obras de qualquer escritor, mistura fatos reais com fictícios e desejo externar a minha gratidão àqueles que generosamente contribuíram para as minhas pesquisas. Se, na adaptação que fiz, das informações que me deram ou pesquisei na internet às exigências do conteúdo deste livro, julguei necessário ampliar ou contrair certos elementos de tempo e lugar, assumo disso plena responsabilidade.

Dirijo meus mais sinceros agradecimentos:

Aos navegadores que postam seus vídeos do dia a dia. Muitos deles moram e vivem nos rios ou nos mares. Entendo que o renascimento do mercado náutico de velas deve muito à eles. Aceitaram o desafio de sair da zona de conforto morando nas suas casas, apartamentos e encararam o desafio de viver no mar. Contam as suas experiências com fatos marcantes, ora só de alegrias, ora de perrengues à bordo, mas que, no final, tudo dá certo. Pergunte para algum deles se querem voltar a morar na cidade...A resposta, da maioria, com certeza, será um sonoro..**Não, Obrigado**!

Vem mar, vem brisa. Traz boa energia

Vem paz...Deixo tudo o que não me serve mais.

Sumário

Prólogo

Morar num veleiro é coisa de rico? Desde o ano 2000 o mercado Náutico, antes, predominante de lanchas, passou a mudar e, hoje, o das velas é quem predomina. Após a pandemia do Covid-19, o aumento foi exponencial. Pessoas em solitário, casais ou casais com filhos, deixaram suas casas e apartamentos para viver no mar, nos veleiros e passaram a descobrir que, além de terem a flexibilidade de poder frequentar várias praias, podiam fazer isso nos finais de semanas. Nos dias úteis, trabalhar e deixar seus barcos nas poitas ou nas marinas e, no final da tarde, retornarem para o seu novo lar era a nova rotina. Aprenderam também que vivendo nos seus barcos, os custos eram muito menores e, que a partir de então, precisam de muito pouco para levar uma vida magnifica. Neste livro, o personagem conta a história de sua procura por um veleiro. Quando já estava desistindo de procurar nas marinas do nosso país, finalmente encontrou. Estava quase partindo para comprar um usado no exterior, quando encontrou um abandonado e iniciou sua saga para colocar no mar o seu agora reformado barco e velejar pela costa brasileira e fazer a travessia oceânica até a Europa. O personagem não era um sujeito novo, estava na casa dos sessenta anos, mas possuía espirito de aventura. Aprendeu não só a reformar o próprio barco, como tirou suas cartas náuticas enquanto fazia isso, e em sua primeira velejada, encontrou um batismo de água pegando uma porranca de Sudeste, onde as Deusas das tempestades o saudaram. Depois disso, o novo Capitão já não era mais amador, era um verdadeiro Marinheiro, ou assim pensava ele...

Capitulo um

Fechando uma fase, abrindo um novo horizonte

Existe um momento para mudanças em nossa vida?

Eu nunca havia imaginado morar definitivamente num barco...Para dizer a verdade, quando morei na cidade do Rio de Janeiro, anos atrás, pensei em comprar um Saveiro e navegar com ele. A diferença entre um saveiro e um veleiro, para quem ainda não sabe, é que o veleiro necessita somente das velas e ventos para navegar e quando não há ventos, o barco possui motor para levar o barco até o seu destino. No Saveiro não é comum ter velas e utiliza potentes motores para se mover.

Eu visitei algumas vezes como turista a cidade de Mangaratiba, distante cerca de 85kms da cidade do Rio de Janeiro, e navegando pelas maravilhosas ilhas, ilhotas e um caminho de areia que se forma entre uma ilhota chamada Pompeba até próximo da Restinga de Marambaia, quase chegando na cidade do Rio de Janeiro.

Esta ilhota deve ter cerca de 80 metros de cumprimento x 30 metros de largura, com um formato de trapézio, mas quando a maré enche, ela parecia ter cerca de 40 metros x 12 metros de largura, e no caminho de areia que sai em direção à Restinga de Marambaia, as pessoas caminham pelo estreito de areia no mar. Para quem vem do Rio de Janeiro, a restinga inicia entre Barra de Guaratiba e Grumari, ambos no lado Oeste e pertencentes a cidade do Rio de Janeiro.

A Restinga de Marambaia, pertence à três cidades:

Mangaratiba, Itaguaí e Rio de Janeiro e faz parte da Costa Verde. Ela é fechada para turistas e curiosos, e a região é administrada pela Marinha, Exército e pela Força Aérea Brasileira, só entra militares, seus familiares e convidados.

A Restinga possui uma extensão de 42 Kms de ponta a ponta, e tem o formato de um braço de areia que vai se estreitando até o final, vai ficando cada vez mais fino até terminar no mar. Quem decola de avião do Rio de Janeiro na direção Sul, sempre acompanha pela janelinha do avião este estreitamento da Restinga da Marambaia, até afunilar e terminar no mar.

Pompeba é a única ilhota que forma um caminho até próximo da ponta da Restinga, uma faixa de areia que permite que a pessoa caminhe até próximo da Restinga, isso quando a maré está baixa. Uma paisagem única na região.

Foi navegando por este mar, que acabei por me interessar em possuir um barco, em especial um Saveiro. e cheguei a procurar um para comprar e vi naquela época que se trouxesse da Bahia, sairia mais em conta...Mas como eu morava na Barra da Tijuca, bairro nobre da zona Oeste do Rio de Janeiro, após ponderar se era isso mesmo que eu queria naquele momento, optei por continuar morando num imóvel que não se movia e somente eu é quem me movia de um lado para outro. Ainda estava trabalhando, e como meu tempo quase todo tomado pelos afazeres profissionais, me sobrava somente os finais de semana, então por enquanto...Adeus mares... Foi um grande erro. Poderia estar morando num barco e saindo para trabalhar todos os dias.

O tempo foi passando, eu trabalhando muito e ora viajando sem parar, ora ficava dias no escritório e, quando viajava, fazia isso de avião ou de carro, na maioria das vezes de avião.

Esqueci o meu sonho de ter um barco e mirei o horizonte em busca de completar o sustento da família e não me arrependo até hoje, de tantas viagens à trabalho passei a gostar do que fazia, embora muitas vezes, estas funções me deixavam esgotado...Mas olhava para os lados e via tanta gente precisando de um trabalho, de ganhar o seu sustento, e colocava a pasta numa mão, a mala pequena na outra e partia para a minha missão. Era preciso fazer acontecer os números que a empresa precisava. No final do mês, após ter batido as metas de vendas, num curto momento...Talvez uns dez ou quinze minutos de festejo, era preciso começar a planejar como atingir os objetivos para o mês seguinte.

Esta foi a minha vida por mais de trinta anos...Alguns poucos meses, muitos poucos, sem conseguir bater as metas e quando não conseguia, conferia que a culpa era do mercado e não do nosso trabalho.

Graças à Deus e à todas equipes que comigo trabalharam, na maioria dos meses, cotas batidas...Mas sabíamos que o raciocínio corporativo perverso era de que, cota batida...Mês que vem, cota maior por bater...Ano que vem a conta era: Cota + crescimento é igual...**Calce o seu melhor tênis, solte a fera, e corra para vender!**

Com isso aprendi de que, após uma milha náutica percorrida, mire a próxima e olho no vento e na rota e esteja preparado para tudo o que vier...Improviso é para o MacGyver...Assim como no timão de uma grande equipe ou de um barco, quanto melhor preparado você estiver, menos esforço precisará para atingir suas metas e menos tensão e estresse, embora, imprevistos a gente enfrenta o tempo todo, seja no trabalho ou no mar...Se houver preparo e inteligência emocional, tanto melhor para enfrentar os imprevistos e desafios que caem constantemente no seu colo. No mar não é diferente.

Com minha aposentadoria chegando, filhos já adultos, percebi que precisaria dedicar estes últimos anos de trabalho para mim, para fazer uma reserva financeira, para que não precisasse depender de ninguém. Dediquei alguns anos próximo deste momento para poupar, e consegui formar uma pequena quantia, que gastei para comprar um terreno numa cidade onde adorava viver e comecei a construir uma casa para vender.

Foram meses de viagens a trabalho e, quando estava em casa, dedicação à obra. Paguei bem caro para aprender o que não devo fazer ou em quem não devo confiar, mas no final, me senti realizado...Foi a mesma história que acabei de citar nas linhas acima...Imprevistos e novos desafios acontecem quando menos se espera...A sua atitude é que fará a diferença. A casa era um sonho e um pouco antes de vender, pude morar nela e aproveitar um pouco deste sonho. Venda realizada, parti para um outro...Morar no Nordeste.

Uma breve passagem por Maceió, lugar onde deve ser vizinho do paraíso, me estabeleci em João Pessoa. A capital mais interiorana do nosso país. Pessoas gentis e hospitaleiras, lugar magnifico para se viver, custo de vida honesto e acabei seduzido pelo lugar, e não estava só nesta nova empreitada.

Semanalmente, muitas pessoas com suas famílias se mudam para João Pessoa e a cidade os recebe de braços abertos. Só me lembro de um lugar onde esta magia acontecia e que se chama Florianópolis. A diferença era de que, embora o Catarinense seja gentil, o Nordestino extrapola a gentileza e dá passagem para o afeto e o acolhimento, querendo a sua amizade, sua companhia e as suas palavras. Os Nordestinos eram o abrigo e João Pessoa, o meu porto seguro.

Passeava caminhando nas águas da praia de Manaira em frente ao MAG Shopping quase todos os dias. Suas águas cristalinas e mornas, acariciavam os meus pés e caminhava dois ou três quilômetros com o vento com suas rajadas suaves no rosto. Olhando de parada em parada para ver os pescadores recolherem suas redes, aproveitava para olhar o horizonte…¨Como será navegar por centenas de milhas náuticas neste mar?¨

Não pensava em outra coisa a não ser em aprender a velejar, com estes ventos, não precisaria de motor para chegar ao outro lado deste mar.

Sem querer, passei a contemplar barcos de pescadores, veleiros, catamarãs e tudo que se movia sobre as águas.

Passei a fazer passeios de escunas, ou de lanchas até as piscinas naturais, as piscinas naturais do Seixas na Paraíba, as de Porto de Galinhas e, descendo até Maragogi, já que estava tão perto de Maceió, porque não ir até Paripueira ou a praia do Gunga?

O melhor passeio que havia feito até então, foi andar de lancha, em terras Potiguar; foi em Perobas próximo de Natal nas piscinas naturais deste lugar. Foi nestas idas até lá que eu pude ver o fundo do mar de cima de uma lancha, e esta visão podia se estender por quase um quilômetro. Não havia visto nada igual até então.

Numa outra vez, voltei para Perobas de catamarã. O barco levou cerca de 100 pessoas e, quando voltamos das piscinas naturais, uma cena me chamou a atenção...Um dos marinheiros desceu na pequena escada na popa do barco e ficou agarrado ali, até que o enorme barco ligasse os motores e começa-se a se mover.

Neste momento achei que este rapaz ficaria em apuros, e quando percebi que o barco estava em movimento, ele esticou os dois braços presos na escada e colocou sua cabeça na água e permaneceu com ela dentro d'água por muitos minutos.

Repetiu estes movimentos, apesar do barco estar com motor à toda potencia em alto mar se dirigindo para a costa e, por cerca de quase uma hora, colocava a cabeça dentro da água com o barco totalmente acelerado e incrivelmente, embora o volume de água em seu corpo, o rapaz se mantinha preso, segurando firme na escada.

Quando o Catamarã encostou no raso, para que os passageiros descessem, o marinheiro subiu de volta as escadas e perguntei para ele porque ele havia feito isso. Com um sorriso no rosto me disse *"Vim olhando os animais que passavam embaixo do barco".* Perguntei quais animais ele viu e ele respondeu: *"Tartarugas gigantes, Raias grandes e muitos cardumes de peixes".* Fiquei imaginando que aquele rapaz deveria ser filho do dono do barco e deveria fazer isso desde garoto. Que mundo lindo ele via lá embaixo e podia trocar momentaneamente este mundo de cima, pelas paisagens lá de baixo.

O Mar começava entrar com suas águas em minhas veias e eu ficava pensando como aproveitar todo este mundo maravilhoso que se encontra nos mares e fazer parte dele. Ao mesmo tempo em que eu tinha medo do mar, ele me desafiava a conhecê-lo mais de perto.

A idéia de tempos atrás de comprar um saveiro foi sendo substituída por um veleiro. Eu podia sentir todos os dias o vento batendo em meu rosto e no meu corpo, o cheiro do mar me seduzindo e me levando para dentro dele. Cheguei a conclusão de que ao invés de ficar olhando um apartamento para comprar e ter que ficar ouvindo ruídos dos vizinhos que as vezes me incomodavam muito, preferiria ouvir o ruído do mar, das gaivotas e, ao invés de frequentar uma praia pelo resto da vida, melhor seria frequentar quantas praias eu quisesse e pudesse visitar.

Mas será que eu teria coragem para me enfiar num barco e sair navegando por ai?

Para tirar estas e outras dezenas de dúvidas, optei por fazer o que fiz na aviação quando tirei o meu brevê. Na época, visitei um aeroclube e paguei para um instrutor para fazer um voo experimental. Quando desci do pequeno avião, já sabia que era exatamente isso o que eu queria e assim, me inscrevi no curso de Piloto Privado no Aeroclube e tirei meu primeiro brevê de Piloto.

Bom, se esta é a forma infalível, só resta alugar um barco com um marinheiro experiente e fazer um passeio, e nada mais acertado do que fazer um passeio de barco. Fui até a marina em João Pessoa e fiz um passeio nos moldes de fretamento ou charter como se costuma dizer.

Navegamos pela costa Paraibana. Foi um passeio com um Veleiro de 26 pés e eu havia escolhido exatamente um barco deste tamanho, porque tinha a intenção de comprar um veleiro assim. Pude apreciar a linda paisagem da cidade velejando pela costa e, depois, entramos pelo Rio Paraíba, onde se localiza a Marina de Cabedelo. Passeei pelo mar com vento em media de 6 nós e até pude experimentar velejar segurando a cana do leme, como é chamada a peça que direciona o barco para os lados onde se quer ir. Apenas em um ou outro momento o veleiro alcançou rajadas de 12 e 15 nós e senti como é a sensação do barco inclinar com   as velas abertas para aproveitar os bons ventos...Foi uma emoção indiscritível. Golfinhos apareceram na proa do veleiro apostando corrida e logicamente vencendo de braçada, ou melhor, de nadadeiras...🤣🤣

Pela primeira vez, pude sentir como seria viver à bordo e pude também lamentar por não ter sabido aproveitar meu tempo quando era mais jovem. Fiquei com a sensação de que minha vida poderia ter sido totalmente diferente do que foi...Não sei se melhor, mas muito mais divertida.

A partir deste dia, passei a olhar no Youtube os vídeos de pessoas que moram nos veleiros no Brasil e no exterior, e também comecei a procurar um veleiro usado para comprar.

Depois de muito pesquisar, entender quais devem ser os critérios para escolher um veleiro para morar; depois de assistir centenas de videos de casais ou pessoas solitárias que vivem nos seus barcos, eu precisaria definir qual seria o tamanho do barco e a finalidade de uso. Cheguei a conclusão de que eu me sentiria melhor morando em um veleiro que fosse acima de 26 pés, com cabine e, principalmente, me fizesse sentir em casa. Gosto de casas grandes, um veleiro de 26 pés seria bom para começar, para saber se era mesmo isso o que eu queria fazer. Não era tão grande, mas para começar estaria bom.

Li que existem algumas regras que são básicas ao escolher o seu barco:

1) O seu barco será utilizado para fazer passeios pela costa ou viagens oceânicas?

2) Quantas pessoas irão habitar durante o dia e também quantas irão habitar durante a noite?

3) Quanto você acha ideal que o tanque de combustível do veleiro armazene?

4) Quanto você acha ideal que o tanque de água do barco armazene?

5) O seu barco será de madeira, fibra ou alumínio?

Podem parecer questões que somente pessoas experientes em navegação respondam, mas de primeiro momento, é bom que se pense à respeito, porque estas perguntas e suas respostas fizeram muitos proprietários iniciantes como eu comprar um barco, para ter que vender em seguida.

Por enquanto vou ficar somente com estas questões e justifico as perguntas e acrescento mais um:

1) Um barco para travessia oceânica deve ter pelo menos 30 pés, bem equipado com sistemas que lhe forneçam informação básicas como a quantidade de combustível, água nos reservatórios, cartas náuticas, GPS, telefonia por satélite, equipamentos que medem a profundidade do mar onde está navegando, barômetro, e outros mais, mas principalmente manutenção do barco em dia. Embora alguns barcos menores foram e são utilizados para atravessar oceanos, são muito poucos. A recomendação é de que seja acima de 30 pés para poder enfrentar mudanças de tempo em alto mar. Não precisa nem dizer que é necessária a licença de Capitão-amador.

2) Você poderá fazer Charter com o seu barco e abrigar, por exemplo, 6 pessoas durante o dia mas somente um casal para dormir a noite no barco. Se comprar um veleiro abaixo de 26 pés, já irá se limitar na quantidade de pessoas embarcadas. Verifique a capacidade de pessoas à bordo, especificada pelo fabricante.

3) Independentemente da potencia do motor, que deverá ser proporcional ao tamanho do barco e ao seu deslocamento, o tanque de armazenamento do combustível deverá ser generoso, pois muitas vezes você terá que utilizar o motor por muito tempo, devido a falta de ventos.

4) Um tanque de água de consumo no barco pode fazer toda a diferença numa viagem de cruzeiro. A falta, poderá trazer sérias consequências.

5) Se alumínio, fibra ou madeira...Se catamarã ou monocasco. O que vai pesar na escolha é a quantidade de dinheiro que tem disponível para investir.

6) Catamarã custa mais caro, e são mais estáveis. O quanto mais estável é um ou outro na água? Lembre-se também de quanto maior o barco, mais trabalho terá e mais custosa será a manutenção.

Sobre Osmose e cracas:

Possivelmente um dos maiores e mais frequentes problemas em barcos construídos em fibra de vidro seja a osmose, ou formação de bolhas.

Osmose é o processo de movimentação da água entre diversos tipos de substâncias concentradas que podem ser dissolvidas. As partículas de água entram em contato com a camada externa do revestimento da embarcação, no caso o gel coat, tentam atravessar essa barreira e conseguem chegar até as primeiras camadas de fibra de vidro do casco.

Isso ocorre porque o revestimento externo de um barco possui um determinado grau de permeabilidade, que após algum tempo de uso pode perder suas propriedades e deixar passar água. Embora a osmose comece como um problema estético, um casco afetado pela porosidade contínua da camada do revestimento, pode perder até 30% da sua resistência, e com o tempo adquirir mais peso.

Cracas, você bem sabe, são eternas dores de cabeça na vida de quem tem um barco no mar. Se o casco não for limpo e bem protegido com tinta anti-incrustante especial, de tempos em tempos, essas pequenas criaturas grudam no fundo e criam estragos, especialmente na performance. O barco fica mais pesado e com mais arrasto hidrodinâmico, o que leva à queda brutal no rendimento e ao maior consumo de combustível. E os problemas não se restringem à parte submersa do casco — as cracas também se fixam nos hélices, nos eixos, no leme e até no sistema de refrigeração do motor, que, com isso, pode superaquecer.

Para não correr todos esses riscos por conta de algo aparentemente tão simples, a única saída é a velha e boa prevenção — trocando em miúdos, raspar o casco a cada seis meses, em média, e repintá-lo de ano em ano, com tinta anti-incrustante, ou um prazo próximo disso, poderá lhe proporcionar menos dor de cabeça e mais tranqüilidade para apreciar melhor a vida no mar.

Capitulo Dois

Comprar um Veleiro no Brasil ou no Exterior?

No Brasil um veleiro custa mais, mas você navega por kms na costa brasileira

No Brasil, é possível admitir o barco temporariamente para uso privado por até três meses, prazo prorrogável por até igual período; depois disso, o barco obrigatoriamente tem de deixar as nossas águas. Assim diz a lei.

Como eu já havia escolhido que seria entre um veleiro de 26 pés ou um de 34 pés, ou o que melhor eu acharia para poder gastar com meus recursos, sai a procura pelas marinas das capitais do Nordeste. Primeiro, quis procurar próximo de onde morava, assim poderia realizar os trâmites legais de forma mais confortável, e até poderia encontrar um veleiro que já estivesse numa marina com o título pago, ficando com encargos apenas das mensalidades.

Queria encontrar um veleiro que eu olhasse e já me identificasse com ele, pois afinal é para morar, e uma casa ou veleiro, é o mesmo insight...Você entra, olha, e se identifica de cara ou não.

Perguntava nas marinas se alguém sabia de algum veleiro que estivesse à venda e me indicassem um que estivesse dentro dos quesitos que eu procurava; Eu pedia para olhar por fora ou se estivesse na poita eu contratava um barqueiro para me levar até o barco. Se estivesse ancorado no ancoradouro na marina, eu fazia a mesma coisa e, assim eu fui pesquisando, de marina em marina, até que acabei chegando em Salvador na Bahia. Não conseguindo encontrar o que queria,   parti para para Paraty e finalmente para Ilhabela no litoral de São Paulo.

Creio que Ilhabela é definitivamente um lugar para se viver em um veleiro no Brasil. Águas abrigadas e paisagens incríveis, além de ventos propícios para velejar. O que não falta por lá são veleiros de todos os tipos e tamanhos e foi lá também onde eu encontrei o primeiro barco que me encantou. Era um Delta de 26 pés e, embora tivesse sido fabricado há alguns anos, estava impecável, com o interior muito bem cuidado, casco muito conservado, motor revisado, velas seminovas, enfim, um barco que me fez encantar e me sentir em casa.

Este veleiro havia pertencido a um casal jovem que foram o segundo dono do barco. Eles moraram durante cerca de um ano e meio e só estavam vendendo, para comprar um maior, de 34 pés, pois sentiam necessidade de um barco maior.

Fiquei pensando se não valeria a pena eu começar num veleiro como este e depois que aprendesse a navegar, tirasse minha licença para navegar e aprendesse a utilizar bem as velas, navegar bastante pela costa para depois me aventurar na compra de um barco maior...

No entanto, embora este veleiro de 26 pés fosse quase um cheque ao portador na hora da venda, depois de algum tempo, eu sei que sairia para achar um barco maior, de 34 pés; teria de encontrar um que também me agradasse em cheio, e se tem uma coisa que eu estava cansado, era pular de hotel em hotel, avião em avião, cidade em cidade, casa em casa.

Melhor eu encontrar um Veleiro de 34 pés, ótimo estado e preço e sossegar. Um veleiro deste porte, bem conservado, também é um cheque ao portador, caso eu precisasse vender, mas isso não foi algo que eu desejava. Eu queria comprar um barco onde, além de ser meu lar, juntos, poderíamos descobrir lugares fascinantes e bons momentos, até que eu fizesse a navegação seguinte...Ir conhecendo outros cantos, outros lugares, outras praias.

Em minhas andanças pelas Marinas, encontrei um ou outro veleiro deste tamanho, mas nenhum que eu pudesse querer fechar negócio... Quando achava um lindo e muito bem conservado, era caro para meu bolso...Quando achava um que eu pudesse encarar, tinha tantas coisas por fazer que no final acabava ficando quase o mesmo preço de um mais ajeitado.

O tempo passou e cada vez mais eu vendo vídeos no Youtube sobre veleiros. Meu foco passou a ser ver videos onde relatavam claramente as vantagens de se adquirir um barco no exterior e também as desvantagens. Estava começando a achar que o meu veleiro deveria ser procurado fora do pais.

De cara, descobri que a compra era tremendamente favorável de ser feita no exterior, pois como em outros países, há uma oferta muito maior de veleiros de várias marcas e, aqui não se encontra mais tantas assim, devido estas ofertas maiores lá fora, os preços são quase a metade do que se acha por aqui, podendo adquirir um barco mais novo pela metade do preço em média, isso já fazendo a conversão da moeda.

O negócio da China estava em adquirir um veleiro nos Estados Unidos, ou no Canadá, Caribe ou quem sabe na Europa, em especial na Croácia, onde pude perceber que os preços e os veleiros por lá eram muito atrativos. Na Italia também haviam boas oportunidades.

O ponto negativo, e bota negativo nisso, é que eu não poderia trazer um veleiro usado para o Brasil, para ficar aqui. Por possuir bandeira estrangeira (do país onde foi adquirido). Existe uma lei no Brasil onde o barco estrangeiro poderá navegar por aqui, mas caso seja trazido um barco usado para cá, não poderá ser nacionalizado. Um barco novo, poderá o proprietário fazer a importação e terá que pagar todas as taxas alfandegárias, tornando a compra do barco em outro pais um péssimo negócio, E tem mais, com a bandeira de outro pais, o barco tem autorização de tempo limitado para permanecer por aqui e como a costa brasileira é imensa...7.491 kms de extensão, e incluindo ai as reentrâncias dá cerca de 9.200 kms... Três meses navegando pela costa brasileira não dá para quase nada.

Capitulo Três

Viajar é preciso, desta vez, para encontrar o Veleiro dos sonhos

Toma avião, fica em hotel, visita marinas, Clubes de velas...Onde ficou
mesmo a minha pasta?

Quando estava quase indo para o exterior à procura de um barco, soube nestes dias, de que haviam alguns barcos abandonados numa determinada marina. Abandonados há alguns anos e estavam pela região mesmo.

Achei a informação no mínimo curiosa e fui vendo alguns vídeos, onde experientes velejadores daquela região apontavam para veleiros abandonados amarrados nas poitas ou ancorados. Alguns informavam que eles estavam abandonados por vários anos e não eram poucos os barcos nesta condição ali fundeados.

A Pandemia já se instalara em nosso país há mais de um ano, eu já havia percebido a nova tendência de trabalho em Home Office. Muitas pessoas estavam trabalhando em suas casas, trailers, barcos e comecei a perceber também, que cada vez mais pessoas estavam deixando as capitais e indo morar no interior dos seus estados.

A debandada era grande e muitos se mudaram para seus sítios, chácaras, fazendas abandonando as cidades grandes e este movimento também começava a acontecer nas Marinas, agora pela procura por barcos, em especial veleiros. Alguns destes barcos que estavam a venda há algum tempo, começaram a ser vendidos mais rapidamente e pior, mais caros.

Isso me fez reavaliar e postergar minha ida para fora do pais e começar a procura por veleiros aqui mesmo, abandonados, onde não seria uma má ideia encontrar algum que pudesse estar somente sujo, encardido, detonado superficialmente, mas integro em sua estrutura, motor, velas.

Me chamou a atenção um de 34 pés que fazia cinco anos que o proprietário o deixara abandonado. Ele tinha um débito relativamente grande com a Marina e o barco precisaria de reparos, mas fazendo as contas, vi que se não estivesse muito danificado, valeria a pena reparar o veleiro e ele também não era tão velho assim, fora fabricado em 2009. Muitos barcos que navegam por ai foram fabricados há muitos anos atrás e bem conservados duram anos.

Não perdi tempo, aluguei um pequeno bote com barqueiro e fomos até lá...Ao chegar mais próximo, já gostei da cor...Era Azul com branco e o seu perfil era bonito. Encostamos o pequeno bote no veleiro e subimos à bordo.

Como não tinha autorização para entrar dentro do barco, apenas subimos e fiz uma leve inspeção no convés e tentei olhar para dentro da cabine, mas o estado da portinhola que dá acesso para a cabine, não deixava eu olhar para dentro. Estava encardida.

Me dei por satisfeito e voltamos para a Marina. Peguei os dados do proprietário e fiz contato por telefone...Chamou, chamou e nada dele atender.

Voltei para a pousada e fui jantar, em torno das 20 horas, tentei novamente. Desta vez consegui falar e depois de me apresentar e dizer que eu estive em seu barco e olhei por fora; que estive na marina e me inteirei sobre o valor a pagar caso compre o veleiro, o proprietário me confirmou o valor que pedia e me autorizou a voltar no dia seguinte ao barco e olhar por dentro.
Me indicou onde estavam as chaves do cadeado da tranca de acesso ao interior e terminamos a ligação.

No dia seguinte eu estava eufórico no café da manhã. Não via a hora de retornar a Marina e novamente visitar o veleiro. Queria poder olhar mais de perto e principalmente lá dentro, ver o quanto destruído estava lá dentro, e também abrir o motor e ver se dava para ligar. Terminei o café e fui até a Marina. Informei que havia conseguido autorização do proprietário e, após a conversa, procurei pelo marinheiro, um mecânico e partimos até o veleiro. Subimos e foi uma maratona para abrir o cadeado que estava fechado há anos, preso na pequena portinhola de fibra que dá acesso ao interior do barco.

Ao abrir, pude verificar o tamanho do estrago. Em cima da mesa da cozinha e da pequena mesa no centro da sala, vários objetos empoeirados, espalhados por todo o canto. O chão e a forração de couro do sofá estavam encardidos, o sofá com alguns rasgos. No quarto na popa, a forração de couro estava pendendo. Os banheiros que não são grande, estavam cheio de tralhas dos mais diversos tipos. Olhando para dentro do quarto principal, na proa, dois colchões que juntos formam um de casal, estavam empilhados junto com outras tralhas. Parte da forração de couro do teto da suite também estava despencando e aparecendo o forro de algodão.

Abri a tampa do motor que fica atrás da escada de acesso ao ambiente interno, e vi que o motor e a forração lateral de alumínio não viam a luz e limpeza há muito tempo...Algumas peças do motor necessitavam de troca, outras, de lubrificação e aparentemente não havia vazamento de óleo; o que já era de bom tamanho. Havia um pouco de água suja na parte de baixo do motor, mas ficou um mistério saber como veio esta água parar no motor.

Aproveitei a ida do mecânico e como haviam levado além das ferramentas, uma bateria sobressalente para testar a parte elétrica, fez funcionar o motor que respondeu positivamente. Menos mal, seria necessário somente uma manutenção para troca de filtros, canos, registro e braçadeiras e uma lubrificação completa.

Abri as tampas no assoalho, a tampa dos porões, e a maioria estavam secos por dentro, sujos mas secos, sem sinal de vazamentos. Vi que a bomba de porão estava em ordem e aproveitamos e testamos a bomba de porão, com bateria sobressalente; funcionou e estava também tudo bem. Comecei a me animar...

Subi novamente no convés e olhei as velas que estavam enroladas de qualquer jeito. Deixei para ver com mais detalhes em outro momento. Me dirigi até a Roda do Leme. Tentei mexer, virar de um lado para outro e não estava muito dura, menos mal.

O próximo passo seria contratar um especialista, um survey que entendesse muito da estrutura de um veleiro e fizesse a inspeção profissional, um avaliador que pudesse me ajudar a fazer uma verificação completa para saber qual o estado real deste veleiro e com uma avaliação correta, para que eu pudesse negociar melhor com o proprietário, pagando um preço justo para encarar a reforma necessária e ter no final uma vantagem que me convencesse de que sim, é melhor comprar este veleiro abandonado e reformar do que um mais conservado e mais caro.

Viver a bordo de um barco no mar, é incomum e imprevisível e precisamos, embora seja antagônica a comparação, nos ajustar aos ventos, que vai e vem e acontece do nada algo imprevisível. Na verdade, a vida acontece assim, porém no mar, tudo é amplificado. Você planeja tomar um rumo e faz a sua rota, planeja tudo direitinho, porém, o vento e o tempo, são sempre os senhores do seu destino, e assim como na aviação, desafiar ambos pode trazer um resultado muito desastroso ou fatal.

Se há de ter respeito quando você entra no mar, o respeito é sempre pelo mar. A história está recheada de casos onde pessoas que desafiaram o mar se deram muito mal. A História mais conhecida é a do Titanic, onde bastou um desafio fora da rotina para que o enorme navio colidisse com um Iceberg, e nem era dos grandes, mas que ocasionou na época enorme rasgos no casco do navio. Alardeado pelos seus construtores como infundável, jamais imaginaram que o Titanic fosse para o fundo do mar em sua primeira viagem.

Os construtores, com um deles presente à bordo, desafiaram o mar, a prudência e Deus. Aumentaram muito a velocidade do navio num trecho com icebergs e ainda em tom jocoso afirmaram de que nem Deus poderia fazer afundar aquele navio. Infelizmente comprovaram do pior jeito possível que suas teses estavam equivocadas, ceifando a vida de centenas de pessoas que, na verdade, nenhuma pressa tinham.

Após contato como survey, que só podia   fazer a inspeção na segunda feira da outra semana, deixei acertada a negociação com a Mariana e o proprietário do barco, explicando que teria que aguardar uma semana até a chegada do profissional.

Tudo acertado, com a concordância de ambos em me reservar o veleiro, aproveitei o tempo e voltei para o nordeste, agora para fazer novo charter. Desta vez pelas águas de Maragogi em Alagoas. Fiz contato com um casal que possuia um veleiro de 51 pés e acertei passar uma semana à bordo, juntamente com outros poucos felizardos passageiros.

A proposta era navegar, se a previsão do tempo não aprontasse nenhum imprevisto, e também aprender a velejar.

No Nordeste, é comum fazer estes passeios, misto de diversão e aprendizado, e como Maragogi possui as piscinas naturais, as chamadas Galés, para tirar a euforia e o estresse que nestes dias ocupou o meu tempo para descobrir e fazer a compra do meu primeiro veleiro, talvez para tirar a prova final, achei que velejando um pouco mais afastado da costa, e no trecho entre Maragogi e Maceió, pegando alto mar em alguns trechos e costeando pelas maravilhas da Costa dos Corais, seria bom me colocar à prova para ver se enjoaria ou me excitaria ainda mais navegando por águas mais profundas e nervosas.

Foram alguns dias de puro prazer, sim, houve momentos de tensão, mas para mim que era quase inexperiente neste assunto, quase zero de conhecimentos, me diverti como uma criança num Playground gigante (O mar).

All e Bruna, o casal dono do veleiro, ele americano e ela brasileiríssima de Recife, haviam comprado um veleiro Beneteau Oceanis 51,1 pés, semi novo e faziam charter pela costa nordestina; aproveitavam o verão aqui e quando começava a época de inverno (que no nordeste é temporada de muitas chuvas torrenciais, com a temperatura média de 28 graus no período), antes de iniciar esta temporada eles já se mandavam para a Florida, para aproveitar o verão por lá e fazer novos charters por aquelas bandas. Assim, desta forma, agradava à ambos.

O casal era divertido, apaixonados e amavam viver no mar. O veleiro era um luxo sob as ondas. Foi muito divertido navegar entre Maragogi e Maceió com eles, e ainda fomos todos de bote até as Galés para tomar caipifrutas servidas dentro da casca do abacaxi, de pé no chão, em alto mar, e dentro das piscinas naturais rodeadas por corais. Foi uma experiência incrível.

Embora a pandemia estivesse se espalhando rapidamente, havia certo distanciamento e respeito pelo ambiente. As pessoas ali presente queriam tão somente sair um pouco para arrancar o estresse do momento e contemplar a beleza do lugar. No final do passeio, quase entardecendo, peguei o meu carro e voltei para João Pessoa. Confesso que só fui me dar conta de que estava chegando, após rodar quase 400 kms na volta para casa, quando vi a placa indicando para sair da BR 101 e pegar a BR 230 na chegada à João Pessoa.

Viajei literalmente nas estradas, e me passava pela cabeça, através das imagens, o que vi e vivi nesta velejada um pouco mais longa do final de semana. Fiquei acordado naquela noite até altas horas pensando, eu estava ansioso para chegar a segunda feira para pegar o voo novamente, descer em Guarulhos, e ir até Ilhabela, para encontrar com o survey e fazer a inspeção no veleiro para depois, fechar o negócio logo.

Foi a segunda feira mais agitada que passei nos meus últimos anos. Embarquei no primeiro voo para o Guarulhos e chegando em Ilhabela o rapaz já estava me aguardando. Após rápida conversa, decidimos que o melhor a fazer seria uma inspeção do barco fora da água e por vários motivos...Em primeiro lugar, a inspeção inicial seria na parte de baixo do veleiro; verificar o eixo do motor, o leme, a quilha, ver o estado geral do casco para saber se tem osmose enfim, muitos problemas que envolvem um alto gasto que muitas vezes não estão acima da linha de água e sim abaixo.

Tudo o que eu não queria era olhar o sapato e não poder ver a sua sola. Levantando o barco, de cara já fiz o primeiro gasto que foi em torno de R$ 700,00 para içar o barco. e colocá-lo nos calços. O custo do survey foi de R$ 1.500,00...Com isso, gastei R$ 2.200,00 , cerca de $431 somente para içar e inspecionar o barco utilizando um profissional que faz vistoria em cada detalhe do veleiro.

Para fazer uma inspeção mais acertada do fundo do barco, foi necessário a remoção das cracas que se alojaram no casco, tomando também eixo, hélice do motor, leme, quilha e tudo que tivesse por baixo do barco. Após a limpeza utilizando uma espátula grande, pudemos verificar como estava o casco do barco, agora sem a crosta de cracas. Precisava verificar se não havia osmose, bolha onde pontos de infiltração de água chegavam até a fibra do casco do barco.

o survey levantou todos os problemas abaixo do barco até a parte do convés e dentro do barco. Ele fez um RX completo. A ficha completa do barco, para que eu pudesse discutir com o proprietário um valor mais justo na compra.

O proprietário já sabia de antemão que eu contrataria um especialista e tiraria o barco do mar para fazer inspeção, e como ele não havia mais voltado a visitar o seu veleiro abandonado por quase cinco anos, a inspeção foi bem aceita pelo vendedor e acabamos por fechar negócio. Paguei os atrasados na Marina, o vendedor, o survey, além da limpeza do fundo do barco.

Após isso, enquanto limpavam e retiravam o restante das cracas incrustadas, que levaria um ou dois dias, fui fazer o agendamento eletrônico para levar a documentação até a Capitania dos Portos. Consegui agendar para dia seguinte e com os documentos em mãos, segui para transferir o barco para o meu nome.

Chegando lá, foi relativamente rápido o atendimento e com tudo em ordem, inclusive comprovante de pagamento do boleto da taxa da União (GRU). Aguardei alguns instantes e consegui a nova documentação me indicando como novo proprietário do veleiro. Finalmente pude me sentir de fato dono de um barco que agora me aguardava na Marina para iniciar a segunda fase...A reforma do veleiro, aproveitei para alterar o nome anterior. Agora o veleiro passou a se chamar **ELOHIM**.

ELOHIM nome presente nas escrituras Hebraicas representa o nome do criador do Universo...Deus, e pode ser usada a palavra tanto no singular, como plural, e deve ser empregada do mesmo jeito.

É um nome que aparece muito nas escrituras Hebraicas, em especial em Gênesis.

Poderia ter feito homenagem à Deusa dos Mares, ou dos Ventos e tempestades, mas reunir a homenagem ao criador, que representa quem criou todo o Universo, incluindo tudo que nos cerca, fiz a melhor e mais singela homenagem. Que **Elohim** proteja o meu novo lar.

Capitulo Quatro

Alguém ai já reformou uma casa? Um barco é a mesma coisa!

Gostoso, estafante, custoso, enervante

A primeira coisa que fiz, após terminarem a limpeza inicial do casco, foi lixar a parte de baixo do barco utilizando uma lixa 120 numa lixadeira doméstica. Eu precisava remover a tinta e aquilo não estava dando certo...Ok, agora, já paramentado com uma roupa especial e máscara de proteção, munido de uma lixadeira mais apropriada e na ponta uma lixa mais adequada, reiniciei o trabalho. Caso alguém já tenha tentado lixar e pintar paredes na parte de cima, pendurado em um andaime, ou lixado e pintado um teto de residência, poderá saber o quanto é difícil, estafante e dolorido realizar esta tarefa.

Eu tinha que fazer para aprender e também para economizar. Quem compra um barco, em especial um veleiro, terá não só que tirar a carta náutica como também passar a partir de então, a ser mecânico, eletricista, marceneiro, encanador, pintor, enfim ser um faz tudo, e quanto melhor souber fazer, mais dinheiro economizará para manter a si mesmo e ao barco e, o que é mais importante, saberá, caso tenha imprevistos no mar, se virar, porque não dá para chamar um mecânico ou marceneiro, encanador, eletricista a alguns kms da costa.

Um veleiro consome muito em gastos com manutenção. Havia lido e visto muitos videos antes de me aventurar na compra de um veleiro e via que um gasto de manutenção e conservação, consome em média

20 a 25% dos custos mensais e não dá para reduzir isso querendo economizar.

Geralmente você compra um veleiro usado, então, não conseguirá trocar e fazer toda a manutenção necessária de imediato, a não ser as coisas mais críticas, onde não poderá negligenciar, como é o caso do conserto de um motor, um vazamento na hidráulica ou problemas nas velas do barco... Se num automóvel, sem manutenção, quando ele te deixa na mão na rua de uma hora para outra, você chama um taxi ou Uber e vai embora, imagine no meio do mar você ficar sem energia, sem vento, sem motor e à deriva ou com algum vazamento, ou tudo isso junto...O pânico irá se instalar rapidamente e ninguém em sã consciência pode querer isso para si e para os seus passageiros à bordo.

O casco agora estava bem lixado. Fiz uma inspeção mais apurada e vi que havia alguns furos que atravessavam as camadas de tintas, estes pequenos furos passavam também pelo gel coat até a fibra do barco.

É preciso ficar atento na hora de pintar, caso vá fazer como eu, fazer a reforma por conta própria.

As tintas para barcos são venenosas e devem mesmo ser, devido as cracas e outros animaizinhos marítimos, evitando que eles tomem todo o fundo do barco; mas apesar das tintas serem venenosas, centenas de cracas mesmo assim grudam no casco, no leme, no hélice, na quilha onde mais puderem. As tintas variam o seu uso e qualidade. Tem tinta que permanece até uma temporada, outras por um ano, e ainda outras marcas premium que protegem o barco por até três anos. Eu utilizei a tinta Hard. Pode utilizar o coopercoat que é um poderoso anti-incrustante, mas é um produto caro. O custo benefício se faz presente, porque o fabricante garante que o produto repele as cracas por cerca de 10 anos com alta eficiência. No Youtube um video do fabricante explica como funciona o produto.

Também alguns misturam pó de cobre na tinta e tem obtidos bons resultados. Muitos fazem isso, mas creio que irão proibir logo, porque tem muita química e com certeza afeta a vida marinha. Faça a sua pesquisa e verifique o que se encaixa melhor dentro do seu orçamento.

Pode ser utilizada uma máquina de alta pressão para fazer a limpeza do casco, removendo cracas e sujeiras e após pintar com uma tinta que dura um ano...Vai depender de quanto quer gastar e se quer mesmo fazer isso todo ano ou a cada dois ou três anos, comprando a tinta que dure até estes prazos.

Resumindo, paguei para tirar o barco da água para fazer a inspeção pelo survey e, logo de cara, tivemos que utilizar um raspador para limpar o casco para poder inspecionar debaixo do barco durante o processo de fechamento do negócio. Fiquei pagando as diárias para manter o barco no cavalete.

Após a compra, eu mesmo fui lixar o casco com lixa 120 em uma lixadeira não profissional. Não estava dando certo, então, me emprestaram uma lixadeira profissional. Após isso, vi algumas dicas em vídeos de velejadores que postam os seus vídeos no YouTube. Vi que para tirar a camada de tinta velha, precisava de uma máquina de alta pressão e assim fiz e precisei quase encostar o bico do jato de água no casco para remover impurezas e também para tirar a tinta antiga. Depois do casco seco, utilizei o roto orbital, para emparelhar e dar acabamento. Deu resultado e passei em seguida um Primer Epóxi, que protege contra corrosão.

Para que as pessoas leigas no assunto possam entender um pouco deste processo, no fundo de um barco de fibra, geralmente as camadas são as seguintes: Pintura externa, depois tem o primer, depois vem o gel coat e por último vem a fibra, que é o casco original do barco.

Quando for fazer a raspagem e a troca da tinta do barco, não use qualquer produto químico ou raspe acidentalmente o gel coat, que é a proteção do barco que não deixa a água encostar na fibra. A Osmose (ou formação de bolhas) se forma com a água infiltrando e passando através da barreira de proteção do gel coat. Neste momento se forma pequenas cabeças que variam de tamanho, atingindo até o tamanho de uma bola de pingue-pongue. Se faz necessário, caso isso aconteça, utilizar uma lixadeira ou mangueira de água de alta pressão, quase encostando no casco, para eliminar estas pequenas cabeças, deixar secar pelo menos por 24 horas e depois lixar, passar o Primer e após pintar o fundo do barco.

Após aplicar o Primer, comecei a pintar o fundo do barco. Nesta fase, eu havia passado do custoso e estafante e enervante, para a fase prazeirosa. Pintar, seja um barco ou uma tela ou um desenho no papel, acaricia a nossa alma e naquele barco eu havia colocado toda a minha energia. Dizem no meio náutico que não é você quem escolhe um barco, é ele que te escolhe.

Parei de pintar um pouco o fundo do barco e me afastei. O sol das 16 horas ficou por trás do veleiro. Os raios do sol projetavam para frente do barco e o que senti, apesar dele estar sendo quase todo reformado e num cavalete, foi Paz…Uma Paz interior que me confortou e me fez entender de vez que eu havia finalmente escolhido algo que me completava, e sabia de antemão, me traria muitas alegrias quando estivesse navegando pelo mar.

Hélice…Eureka, lixar na mão nunca mais!

Esta parte estava toda incrustada de cracas e o formato que um hélice tem, não dá para utilizar uma lixadeira tradicional. Parti para o uso de uma lixa comum e nada consegui. Depois de muitas tentativas e erros, recebi uma dica valiosa...A3M tem para venda uma espécie de disco que mais parece um pente redondo e que se chama: 3M Scotch-Brite Roloc Cerdas de disco RD-Zb 50mm, com suporte e poderá encontrar em sites de vendas online, como no site e-bay

No meu caso, um proprietário de um veleiro próximo e que também estava fazendo alguns reparos em seu barco, me presenteou com uma destas peças, pois havia adquirido algumas para seu estoque. Até hoje mando castanhas de caju para ele, como gratidão por preservar minhas mãos, pulmões e braços.

Ao encaixar este produto numa furadeira comum, não só removeu toda a sujeira no hélice, como voltaram a ser como novas. Da próxima vez que for remover a tinta do fundo do barco, vou preferir utilizar este disco e, desse jeito, não só no hélice.

Após o uso deste disco, foi a vez de aplicar o Propspeed que é um silicone especial que melhora muito a perfomance do hélice, além de melhorar o seu rendimento trazendo economia. Este produto passei no hélice e no eixo do hélice. Este silicone limpa e dá proteção e ajuda muito na prevenção das cracas.

Para finalizar estas dicas, recomendo fortemente que utilize uma lixadeira profissional e Mascaras profissionais, pois estará mexendo com produtos químicos altamente danosos à sua saúde.

Neste processo de eu aprender a fazer e após tantas boas dicas, economizei cerca de 30% do que teria gastado com profissionais para realizar o trabalho. Não se tratou apenas de economia, valeu muito a pena eu ter passado por tudo isso, porque além de aprender a fazer, fiz com calma e com o maior zêlo possível. Talvez os profissionais que seriam contratados fariam até melhor, porém, raramente me informariam como realmente estava o barco e agora eu o conheço, pelo menos na parte do fundo do barco, posso afirmar que conheço bastante esta parte..

Por dentro do veleiro, enquanto eu cuidava do fundo do barco, contratei um marceneiro artesanal, que cuidou de inspecionar o madeiramento original do barco e o que estivesse danificado, que corrigisse ou refizesse a peça. Era um senhor e seu ajudante e sabiam o que faziam e da melhor qualidade possível. O único senão, é que trabalhavam somente os dois e, sem outros ajudantes, rapidez não era a palavra do dia. Não me importava muito.O que queria era qualidade.

Como eu havia acertado um bom desconto na Marina para manter o barco no seco até que algumas reformas estivessem prontas, relaxei um pouco e, embora passasse dias exaustos de tanto tentar, errar, aprender e acertar, de noite eu quase sempre subia no barco e repousava até o dia seguinte por ali mesmo.

Raramente ia para a pousada próxima da Marina ou saia para me divertir. Fui descobrindo ali mesmo que eu tinha todo um Playground disponível ao redor do barco, então, para que sair, senão para somente comprar produtos e voltar. De noite eu sentava no deck e ficava apreciando a lua que fazia um caminho pelo mar, sempre na direção de quem olha.

Fui descobrindo meu lado pintor, marceneiro, eletricista, mecânico, encanador, lixador, e fazendo eu mesmo o que tinha que fazer; lógico que com muita ajuda e dicas de pessoas que ali trabalhavam ou de proprietários de outros barcos que passavam por ali e paravam para me dar dicas e também os vídeos valiosos de velejadores no YouTube.

É impressionante como no meio náutico as pessoas se ajudam e iniciamos novas amizades. Já havia visto esta solidariedade entre aviadores, motoristas de caminhões ou motociclistas, mas no meio náutico acredito que exageram na solidariedade e companheirismo.

Nem havia colocado o barco na água e já fizera tanta amizade e aprendido tanto da vida náutica, que já receava que após o barco ir para a água poderia sentir um pouco de solidão.

Quanto aos gastos, entre contratar o survey, tirar o barco da água, fazer a documentação do barco, transferir para meu nome, reparar todo o fundo do barco, pintar e polir os costados do barco, aproveitar e comprar capas novas para as defensas, meu gasto foi em torno de R$ 12.800,00 ou cerca de US 2520 cotação da época à R$ 5,10 cada dólar.

Antes de lixar e pintar, havia feito inspeção no leme e sua ligação com o casco, fiz dois furos que atravessaram o leme para ver se não havia água por dentro e deixei secar. Mantive os furos abertos por alguns dias e depois fechei com epóxe. Inspecionei a quilha e também sua ligação com o casco. A principal função da quilha é manter estável o barco e impedir que ele vire. Ela estava em perfeitas condições, após ser lixada e pintada.

Antes de terminar todo este processo de restaurar, pintar o fundo do barco e polir os costados, que é o casco acima da linha de flutuação da superfície da água, aproveitei para fazer uma inspeção na parte hidráulica do veleiro. Os captadores de águas estão no fundo do barco, e que alimentam o banheiro, pias e também uma parte do motor.

Ainda bem que pude verificar todos estes captadores antes de fazer a pintura. Os do motor, na parte do fundo do barco, estavam com as telas de proteção danificadas, e quase entupidos por cracas. O survey já havia avisado de que ao ligar o motor, que estava parado há anos, uma espécie de névoa branca saiu quase constantemente, e que na revisão do mesmo eu deveria mencionar este fato ao mecânico.

Acredito que por conta do quase entupimento desta captação de água no casco e as telas rompidas, isso pode ter afetado o rendimento do motor e a fumaça branca, na verdade seria um vapor de água, motivo deste entupimento. Com a diminuição do fluxo de água para o motor, acaba estrangulando seu funcionamento e o vapor de água é um indicativo razoável para mandar verificar a captação de água do motor embaixo do casco, antes que o motor superaqueça e quebre.

Fui inspecionar o motor dentro do barco e retirei a mangueira de água que sobe para o filtro de água salgada através daquela abertura, e o estado da mangueira estava lastimável. O niple, que encaixa na mangueira estava quase esfarelando, quebrou. O revestimento interno da mangueira estava toda oxidada, avermelhada. O registro de água de metal, esfarelando, chegou a quebrar a peça onde abre o registro e o encaixe do mesmo onde é rosqueado no cano. Imaginem se a mangueira se rompe ou o registro quebra com o barco na água. O resultado é um veleiro no fundo do oceano. Um lar, para muitos velejadores como eu, embaixo da água. Acabou o sonho

Troquei todos os registros de água que havia no barco e lixei e reparei ou troquei as conexões. Não economizei na qualidade das colas das junções das mangueiras e canos com os novos registros. Deixei anotado numa planilha de checklist mensal, semestral ou anual. Esta verificação, inseri na lista a ser checada a cada ano ou em caso de dúvidas, verificar o mais rápido possível.

Gastei em torno de R$ 1.200,00 com os novos registros, com os passa-cascos. Mangueiras, braçadeiras, novos ralos dos captadores de água no casco, deixando tudo novo. Para colocar os ralos novos no fundo do barco, passei epox para deixar bem lisinho nas bordas e também apliquei a vedação selante de marca 3M- Fast Cure 4200, que é especial para ser aplicada na parte que fica dentro da água, própria para instalar os ralos. Alguns até não precisaria trocar, mas o barco capta água nestes pontos e leva para dentro do barco e isso é muito sério para negligenciar. Uma pequena fissura no emborrachamento do vedante ou no ralo rachado ou na válvula de captação de água que vai dentro do ralo e os problemas quase invisíveis e perigosos vão fazer o veleiro fazer água, literalmente falando, e nenhum marinheiro quer que isso aconteça devido a uma economia porca.

O veleiro, apesar de permanecer abandonado por muitos anos na água, o seu estado geral me surpreendeu, porque era para estar em péssimo estado e quando comecei a mexer nele, pude verificar que era um bom barco, robusto, muito bem construído e o antigo proprietário o havia abandonado e sequer voltado nestes últimos cinco anos para fazer algumas inspeções e manutenção.

Ele havia abandonado este barco e deixado apoitado, assim como outros, e me deu certa angustia, de saber que um veleiro deste porte, 34 pés, cerca de 10,36 metros de cumprimento, se somarmos 0,3048 que é o valor de um pé ou ft x 34 = 10,36 metros, ficou abandonado todo este tempo...Que desperdício!

Esta etapa, uma das mais importantes estava concluída e fica outra dica para os iniciantes...Jamais compre um veleiro ou qualquer barco, sem antes colocá-lo no seco e inspecionar junto com um survey.

O motor, que havia sido retirado e estava sendo revisão e trocado todas as peças que estavam sem condições de uso, inclusive o filtro de água salgada que vai para o motor. A água salgada vai direto para as galerias do bloco e cabeçote saindo pela Mufla.

Também havia solicitado uma inspeção nas velas do barco.

Os panos das velas em alguns pontos, ainda bem que em poucos pontos, algumas costuras ou velcro haviam se soltado ou rasgados e davam para ser recuperados sem afetar a segurança para navegar.

Para minha sorte, a vela mestra era a única bem protegida e estava muito nova, sem necessidade de reparo ou troca.

O Mastro principal da vela estava perfeito e foi muito bem inspecionado quando o barco estava no seco e não havia nenhum trinco ou fissura na ligação com o convés ou casco e isso me deixou muito aliviado.

Os custos para reparar ou trocar uma armação, mastro, estaiamento, velas, cabos e conjunto de moitões é alto e recomendo trocar todo o estaiamento, incluindo os esticadores pelo menos a cada cinco anos e como os deste veleiro estavam bem conservados, apesar do abandono, coloquei na planilha de checklist para checar após um ano.

Capitulo Cinco

Ok, o casco terminamos, agora vem a segunda etapa

Ancora, velas, mastros, passadiços, bimini, capotas, roda do leme, equipamentos náuticos. Acho melhor voltar a morar em João Pessoa

Num veleiro abandonado e adquirido para reforma, o melhor é começar pelo casco, depois vá fazendo manutenções e reformas por dentro. Quando digo sobre a reforma de dentro, digo onde você irá habitar, e neste caso, tem a sala, quartos ou suíte, a cozinha, banheiros e os porões ou paiol.

Neste veleiro que adquiri, o motor também está neste ambiente, porém embaixo da escada de acesso a este ambiente é bem guardado.

No meu caso, após terminar a reforma embaixo do casco, preferi tirar o motor para fazer revisão e enquanto isso, os marceneiros trabalhavam no revestimento.Enquanto isso, entreguei para profissionais que inspecionaram novamente os cabos, velas e estaiamento e fui checar se a roda do leme estava agora mais suave, se estava bem leve o giro. Estava tudo bem.

Abri o pequeno compartimento que abriga as correntes e as âncoras na proa do barco e vi que as correntes estavam um pouco enferrujadas e necessitando trocar um elo ou outro. A âncora também estava no mesmo estado e naquele momento o que preferi fazer, tanto nela como nas correntes, foi lixar e verificar melhor o estado de ambas e trocar os elos danificados.

Talvez esta não seja a melhor solução e eu devesse trocar tanto a corrente como a âncora, mas preferi fazer a manutenção deste jeito, e colocar no checklist para fazer essas trocas depois de algumas velejadas. Dar a devida manutenção neste momento era o mais adequado. Percebi na âncora que uma haste dela estava levemente torta, pode ter sido algum pequeno acidente ao unhar uma pedra, mas vou ficar atento com isso.

Já havia verificado o pequeno guincho elétrico da âncora instalado na proa e após a revisão da parte elétrica do barco, e de fazer algumas alterações, vou testar se o guincho está funcionando e verificar no paiol da âncora, as corrente e cordas...Verificar se tem pelo menos vinte metros de cordas + correntes...Enfim, tudo o que engloba a ancoragem, porque sei que isso é muito importante para uma ancoragem segura.

Sobre a parte elétrica e disjuntores, lâmpadas de navegação, etc. Aproveitei a reforma do madeiramento interno e abri alguns novos buracos para que o eletricista instalasse novas tomadas USB e também tomada de Cais no devido lugar, e que também passasse novos cabos de alimentação, pois alguns cabos haviam sido danificados por algum roedor e para dar um curto é fácil fácil. Fiz questão de trocar todos os disjuntores, colocando novos e deixei os usados guardados para alguma emergência. Santo acumulador de coisas...

O barco possui bons equipamentos de navegação, partindo da bússola, GPS, refletor de radar, Rádio VHF fixo, buzina e demais equipamentos obrigatórios, além da parte obrigatória de equipamentos de segurança, como os 02 foguetes manuais estrela vermelha c/ paraquedas; 02 fachos manuais luz vermelha; 02 sinais fumígeno flutuante laranja, bóias salva-vidas, conforme determina a lei: Embarcação menor de 12m (01 unidade). Embarcação maior de 12m (02 unidades). Pelo menos, uma com retinida flutuante e todas com dispositivo de iluminação automático.

Verifiquei quando fui conhecer o veleiro, de que ele não tinha um Chartplotter e Sonar e deixei na minha lista de desejos adquirir um da SIMRAD 07. Havia visto um video no canal South Florida Fishing Channel e me encantei com a facilidade de instalação e manuseio.

Bomba de esgoto: Emb. menor de 12m (01 unidade) Embarcação maior de 12m (01 manual e 02 elétricas ou acoplada no motor. Como este barco possui menos de 12m estava tudo ok. Assim que as instalações elétricas foram vistoriadas e feitas as manutenções, coloquei no checklist antes de colocar o veleiro de volta na água, que fizesse os testes do guincho elétrico na proa e também da bomba de porão, que nesse caso já havia feito manutenção e verificado que seu encanamento estava livre e sem problemas.

Os coletes salva vidas e os dois extintores de incêndios... Alguns coletes foram substituídos e os extintores revisados e após, feito a troca dos dois que estavam vencidos. Nunca é demais revisar o relógio que marca a validade destes equipamentos que ajudam a salvar vidas e a propriedade.

Por fim, ao completar a checagem de equipamentos de segurança e emergência a bordo, verifiquei que no estojo dos primeiros socorros, os produtos estavam na maioria vencidos, optei por adquirir um novo e maior, contendo muito mais produtos. Aproveitei e fiz um curso rápido de primeiros socorros. Segurança e prevenção são itens importantes.

Devido ao tamanho do veleiro, próximo de 12 metros, a lei exige o uso de 2 extintores de incêndio B1, sendo um ao lado do motor e outro próximo do comando da embarcação. Mesmo assim, novos, coloquei na planilha de CheckList para checar semestralmente o nível de validade de cada um.

Deck com quase tudo revisado e feito o que era necessário, já havia inspecionado o mastro para ver se não continha alguma fissura entre o mastro e fibra. Para quem não conhece para que serve um mastro, vai uma pequena explicação sobre um mastro em um veleiro

Veleiro:

É uma embarcação com propulsão por um velame, conjunto de velas de tecido, apoiadas em um ou mais mastros e controlados por um conjunto de cabos chamados de cordoalha, todo esse sistema costuma denominar-se armadoria.

As velas contem nomes. Nome das três velas de base de um veleiro:

-**Vela grande ou Vela Mestra** - atrás do mastro e presa ao estai de popa.

-**Vela de estai ou um Genoa** - á frente do mastro e presa ao estai de proa.

-**Spinnaker ou balão** - á frente do mastro mas não presa ao estai.

Substituí o bote de apoio que estava todo furado e o motor por ficar muito tempo parado, tinha muita corrosão. Preferi adquirir um novo, um Bote de apoio REMAR 1.80 PRATIK + MOTOR JOHNSON 3.3HP. Vi que dava para o dia a dia e com bom espaço para levar vários objetos.

O motor antigo foi todo revisado e lubrificado e deixei como motor de popa de apoio.

Capitulo Seis

A cozinha, a sala, os banheiros e os quartos

Oh não 😫

Já estava em Ilhabela há cerca de quatro meses e meio e somente agora havia conseguido chegar até o deck e descera finalmente para o lugar onde iria habitar, e havia muito ainda por fazer.

Precisava revisar o fogão, a pequena geladeira, a pia estava se descolando e já havia avisado ao marceneiro que aquela vedação e a cola que sustentava a pia era necessário trocar os gabinetes e trocar toda elas. O gabinete que abriga a pia e a geladeira pequena, precisavam ser totalmente refeitos.

A pia precisou apenas da troca de algumas borrachas de vedação, colar e não usar por algum tempo. As mangueiras e todos os registros já haviam sido trocados e no paiol onde estava a bomba do porão, já havia sido feita manutenção e ela estava funcionando.

Foi só dar uma carga na bateria e conferir a fiação e os contatos de junção e pronto. Pelo menos alguns motores e equipamentos do barco funcionavam bem...Menos mal, menos gastos, sim, temporariamente...

Nesta altura, passados quase seis meses no píer e no seco, o cheiro de mofo já havia saído completamente e a limpeza com um produto especifico, aplicado pelos marceneiros, ajudou muito e também a umidade que tinha dentro do barco, por estar cinco anos fechado, já havia dado espaço para um cheiro bom.

Quando o motor voltou revisado, já terminaram de trocar a forração das paredes que abriga o compartimento do motor. Esta forração é uma espécie de alumínio fino que adere na madeira e tem a finalidade de evitar o aquecimento daquele ambiente e evitar também que o barulho do motor invada os ambientes de convívio no barco. Mais um problema resolvido.

Todas as junções e registros, além das mangueiras do motor que o ligam ao fundo do barco foram substituídos e bem selados com cola especial para esse fim. Quando religamos o motor, funcionava suave e liso, pronto para ser utilizado para navegar da melhor qualidade possível.

Os marceneiros haviam terminado a parte da cozinha e também da mesa de trabalho de navegação que fora quase toda reformada, além da cadeira que foi fixada no lugar de um banco. Eu optei pelo conforto, dentro do possível, ao manusear mapas de navegação ou mexer nos instrumentos de navegação de bordo. Todo o madeiramento foi confeccionado imitando o original e isso era um ponto importante, para manter a originalidade do barco.

O tapeceiro também já havia terminado as forrações dos assentos da sala, substituindo forros e suas costuras e em outras partes nos quartos, foram trocados os enchimentos de espuma e refeitas as costuras.

Os colchões de casal e o de solteiro precisei trocar por novos, devido o estado dos atuais.

Nos dois banheiros, um da suite e outro social, foram feitas revisões e somente a parte do espelho no banheiro da suite, foi substituído por novo. Aproveite e troquei também o conjunto dos metais e dos assentos sanitários que eram específicos para este tipo de embarcação. A manete de descarga é manual e quando for possível instalarei uma elétrica. Foram trocadas também as mangueiras, as válvulas e os registros quando fizemos a primeira verificação dos ralos de captação de água no fundo do barco.

Levantamos todos os paióis onde estavam alojadas as tranqueiras ou objetos aproveitáveis, como as bóias e fizemos uma limpeza daquelas. Preservamos bem estes locais para que estivessem 100% limpos e aproveitamos para inspecionar se havia alguma fissura no casco pelo lado de dentro, mas estava tudo em ordem, na verdade, este veleiro tinha sido uma ótima escolha, porque estava encardido pelo tempo de abandono, porém sua estrutura estava intacta e alguns equipamentos funcionando, mesmo depois de anos de abandono, como foi o caso do motor e da bomba de escoamento, que funcionou de primeira, apesar de anos sem ligar.

Agora haviam se passados quase nove meses. Um parto...Enquanto o marceneiro e seu ajudante estavam terminando a parte interna do barco, subi novamente para inspecionar as velas e verificar se não havia necessidade de alguma troca de panos. As velas são feitas de Dracon, um tecido de poliéster reforçado que resiste ao sol e chuva, além dos esforços necessários para esticá-las quando necessário. A substituição delas seria interessante, mas como estavam em ordem, a troca ficou na planilha para uma próxima etapa. Revisão nos cabos, nos trilhos e todos os componentes que tem fricção e terminamos esta parte.

Capitulo Sete

O medo vai se transformando em conhecimento
O desconhecido traz o alerta, o conhecido a confiança

Quando eu pensava em sair de lancha, de saveiro ou veleiro navegando pelos mares, o desconhecido me trazia medo. Na minha imaginação, imagens de mares bravios, ondas gigantes tragando o pequeno barco, o pavor se estampava numa área do cérebro e tudo parecia vivo. O medo do desconhecido. Do imaginário. Por muitos anos me fizeram recuar em muitas ocasiões; diferente do medo genuíno que nos trazem alerta que podem ajudar a nos safar de sérios problemas. A experiência é de quem desafiou seus medos imaginários para deixar em nossa imaginação, somente o medo positivo e que nos mantem vivos, apesar das ameaças. Isso se chama precaução e isso não é de todo ruim; o excesso sim, é prejudicial.

À medida em que fui vencendo os desafios quando fiz os charters, convidado também para zarpardes carona em outros veleiros, fui vivenciando uma nova vida, que somente os marinheiros e gente que vive no mar possui. Lógico que há perigos e eles estão na espreita aguardando por algum marinheiro desavisado ou que algo muito fortuito aconteça.

Uma embarcação com pouca manutenção, uma quebra de equipamento do barco, como motor, equipamento de navegação, leme, velas rasgadas, falta de combustível, enfim, um ou alguns fatores somados podem te colocar em perigo e ai entra a experiência e o conhecimento do barco e principalmente o respeito pelo mar.

Ter a calma para organizar no seu cérebro o que está ocorrendo, o porque disso e tomar as atitudes necessárias para sanar o problema salvam o seu barco e a si mesmo...O importante é saber de onde vem o perigo e, com calma resolver, após isso, fazer sua análise onde e porque aconteceu para que não ocorra outra vez. Como exemplo, você está navegando com o motor ligado e um barulho estranho se inicia no motor...Se você reduz a velocidade ou coloca em neutro na manete, sem desligar o motor e descer até a casa de máquinas e fizer uma rápida inspeção, provavelmente saberá o que está havendo e tomará as atitudes para sanar o problema. Talvez se desligar o motor, ele poderá não pegar mais, e com ele ligado, mesmo com o barulho novo te fazendo alerta, pode ser o mais certo a fazer.

Tomo mundo erra e todo barco quebra algo à todo tempo no planeta muda de uma hora para outra, não só o vento ou as rajadas. Você está tão habituado a viver na cidade que posso te afirmar que as mesmas coisas acontecem de forma amplificada, porém, você já se acostumou tanto a enfrentar e resolver os problemas na cidade grande ou pequena em que vive, que já incorporou ao seu cotidiano estas coisas e as dominou inconscientemente.Ficou no automático.

Já vivendo a bordo de um barco, tudo isso acontece, mas numa proporção muito menor e a vista e o ar são esplêndidos e ajudará muito a resolver com calma e sabedoria os acontecimentos que vão surgir.

Estes medos são inerentes a todos os seres humanos e aos demais seres vivos deste planeta. O que é desconhecido você teme. Imagina na idade antiga onde as pessoas viviam nas cavernas. Se um outro ser humano desconhecido aparecesse por lá, o medo tomava conta de seus habitantes e a forma como repeliam era ameaçando e até atacando. O instinto de defesa se arma instintivamente. Está em nossos genes desde aquela época.

Animais, tidos como irracionais procedem da mesma forma. O instinto de proteção e preservação faz com que o desconhecido seja muito assustador e uma grande ameaça. Todos...Sejamos nós humanos, quanto os animais, no caso de ter que enfrentar uma ameaça, dão primeiro um aviso, para em seguida vir o ataque.

Em muitas situações, amplificamos o medo e damos a nossa imaginação mais lenha para crescer os ¨fantasmas¨ criados por nós mesmos, ou resultado do que nos foi introjetado pelos nossos pais, educadores, amigos, desconhecidos...O que importa é que formamos respostas prontas em alguns casos e repelimos prontamente o que não aprovamos e deixamos de obter uma experiência enriquecedora que pode nos dar muito prazer ou mudar a nossa vida.

Não estou me referindo aos medos genuínos e que nos faz preservar a vida, estou me referindo somente aos medos do desconhecido, que experimentando com segurança, pode nos trazer enormes benefícios. Os antigos davam nome às pessoas com este gesto de desbravadores.

Com um exemplo de um esporte de alta adrenalina e prazer...Saltar de paraquedas...Ninguém em sã consciência pode querer saltar de paraquedas com um instrutor que não possua muita habilidade comprovada e que não utilize equipamentos bastante seguros e confiáveis para fazer o seu primeiro salto. A chance de que poderá dar algo errado é de pelo menos 50%.

Tendo este instrutor tudo dentro dos melhores parâmetros e você vive querendo experimentar fazer seu primeiro salto de paraquedas, ou você deixa o medo te consumir, sem nunca saber se esta experiência é maravilhosa, ou vai numa escola de salto, bastante recomendada, e procura pelo instrutor experiente e pede para assistir uma breve aula do que passará contigo e bora...Vá ser feliz.

Da mesma forma, se está muito ansioso por aprender a velejar ou adquirir um veleiro, aprenda a velejar, experimente e depois tire a sua carta náutica, conforme manda a lei.

Procure uma escola homologada pela Marinha para ter uma aula prática num barco (Lancha geralmente). Depois da aula, que durará em média seis a oito horas entre aula teórica e prática, receberá um certificado que lhe dará o direito de se inscrever na Capitania dos Portos para fazer o exame teórico contendo 40 questões, com alternativas, sendo uma resposta correta. Você precisa acertar pelo menos 20, poderá errar 20. Não é difícil obter sua carteira de Arrais Amador.

Poderá conduzir após aprovado e com a carteira de Arrais na mão, um veleiro para navegar costeando o litoral, no limite da navegação interior ou até 20 milhas da costa. Se quiser fazer travessias oceânicas costeando, depois tire a de Mestre Amador, apto para conduzir embarcações entre portos nacionais e estrangeiros, nos limites da navegação costeira. Se pretender fazer travessias oceânicas em alto mar, então tire a de Capitão Amador e bons ventos o levem até o seu destino.

Conheci velejadores de todas as idades, de 6 à 90 anos. Conheci velejadores homens, mulheres ou casais. Tantas pessoas velejando em solitário pela costa ou fazendo travessias oceânicas, quanto casais ou famílias inteiras. No mundo náutico há espaço para todos e penso que em pouco tempo, o mar estará recheado de barcos indo e vindo e muitas pessoas morando nos seus barcos e num veleiro é o diferencial, pelo menos para mim.

Capitulo Oito

Meu Deus, estou pilotando um veleiro no seco

Ou ponho o veleiro na água ou me torno figurinha carimbada na marina

Fiz muita amizades na reforma do barco. Conheci profissionais que trabalham nas reformas de barcos e proprietários que iam e vinham com seus barcos para consertar ou reformar os seus barcos.

Fazendo sozinho toda manutenção e a reforma do veleiro, ou com ajuda de pessoas dando dicas...Tentativas, erros e acertos, acabei levando quase dez meses para terminar tudo e deixar o veleiro pronto para colocar de volta na água e navegar de verdade.

Poderia ter terminado em 150 dias, caso tivesse contratado os serviços de profissionais, mas, embora não estivesse construindo um veleiro, estava reformando um, e eu queria fazer pessoalmente a reforma, pelo menos no casco e em algumas conexões e registros de hidráulica e elétrica e principalmente aprender a fazer tudo o que não sabia e que era muito importante saber fazer a partir de então.

Eu tomei gosto por fazer devagar, com calma e ir aprendendo nesta escola gigantesca e munida dos melhores profissionais e navegadores e tudo isso estava ao meu redor, naquela Marina. Por que ter pressa?

Deixei de aproveitar meus dias em João Pessoa durante este tempo todo. Entreguei o apartamento que alugava e deixei os meus pertences num Storage. Neste ano, permaneci numa pousada que era a mais próximo da Marina. Meus dias de semana eram dedicados a reforma do veleiro e, nos finais de semana, dedicados ao aprendizado em navegação, estudo, muita pesquisa e novos conhecimentos, para poder conseguir minhas carteiras   náuticas. Quando o veleiro estivesse pronto, eu também queria estar com a carteira de Capitão amador e conhecimento suficiente para iniciar a minha jornada no mar. Experiência, com certeza, iria adquirindo na prática, com prudência, mas com determinação.

Navegar no seco é seguro e muito tedioso.Um barco foi projetado e feito para levar a sua vida útil na água e por décadas, caso fosse bem cuidado e, embora eu não fosse sequer um marinheiro ou algo parecido, neste tempo que o barco ficou reformando, quando era convidado, navegava nos outros veleiros aprendendo com quem já faz isso há muito tempo.

Todo final de semana, eu descansava velejando com barcos de pessoas que conheci e era só   chamar, que lá ia eu de carona. Aprendi a navegar e manipular as velas. Aprendi primeiro a velejar utilizando as cordas com as mãos para depois manipular as velas utilizando as catracas manuais e depois as elétricas. Preferi assim, porque caso o sistema elétrico das catracas das velas acabe quebrando, sabendo manipular com as mãos, com os devidos cuidados para não perder algum dedo por causa de rajadas fortes, percebi que mexer com as velas não seria problema.

Colocamos o **Elohim** de volta na água e fui testar os registro de água trocados...Passadas algumas poucas milhas, próximas da Marina, parei o veleiro e fui conferir...Abri o porão e estava tudo seco.

Casa das máquinas, banheiros, cozinha, todos os registros secos sem água infiltrando ou vertendo do casco...Perfeito, um trabalho bem feito e eu agora estava mais seguro de que não haveria vazamentos do fundo do barco para dentro.

Para finalizar, quando retornei com o veleiro na marina, com a ajuda de um conhecido, escalei o mastro e colei uma moeda de 1 Nord (moeda Norueguesa) na ponta do Mastro principal. É uma tradição que começou com os Vikings e dura até hoje...Para dar sorte!

Capitulo Nove
Um novo veleiro chamado Elohim
O mar nos espera

Enquanto estávamos fundeado no Canal de São Sebastião, em Ilha Bela, entrou uma porranca de sudeste. Um vento muito forte e que estava mexendo todo o mar. Se eu havia enfrentado um tempo destes com o barco dos outros e fiquei preocupado, agora, com o meu eu fiquei apavorado. O sistema judiou mas não demorou muito a passar.

Havia recebido a informação de que poderia fundear o veleiro por lá. Na verdade, a partir de agora eu tinha a nova casa no mar e poderia deslocá-la para onde quisesse, mas preferi ficar e curtir as sete praias mais comentadas como as melhores por lá.

Praia da Fome; Praia da Armação; Praia do Perequê; Praia das Pedras Miúdas; Praia da Feiticeira; Praia do Curral e a Praia de Castelhanos.

O batismo do **Elohim** em águas turbulentas talvez tenha sido uma forma da Deusa dos Ventos e das Tempestades fazer referência à divindade maior, um jeito carinhoso de receber um novo barco, ou quase novo novamente, um batismo de águas salgadas. Preferi ver sob este ângulo e por outro também...Não há tempo ruim que perdure, assim como não há bom que dure...Só restou permanecer à bordo, barco bem fundeado, olho nas embarcações vizinhas para ver se a âncora não estava sendo arrastada devido ao mar agitado, mas estava bem unhada e desci para ficar ouvindo as noticias pelo rádio de bordo.

Choveu quase toda a noite, relampejou nas proximidades e só fui relaxar quando chegou a madrugada. Peguei no sono eram mais de quatro da manhã, assim que o mar foi se acalmando e o tempo foi se estabilizando, sem trovões ou chuvas. O veleiro não se moveu do lugar e estava tudo perfeito, sem vazamentos. O barco fora batizado fundeado e não via a hora de no dia seguinte poder fazer o batismo com as velas abertas e navegando.

Eu fui acordado com o sol radiante varando através das gaiútas. Se o céu é de Brigadeiro para quem voa, o mar era de Almirante naquela manhã ensolarada de mar calmo. Parecia lagoa sem ventos... Calmaria total...Aproveitei para experimentar o novo guincho elétrico da âncora e também conferir minhas habilidades adquiridas na escola de Vela e nas caronas dos veleiros de outros proprietários.

Havia feito as marcações nas correntes recuperadas, indicando as medidas que atingem a profundidade ao jogar a âncora. Aprendi que é necessário no mínimo três vezes mais de corrente ou cordas da profundidade que se pretende fundear. Se for jogar a âncora para atingir a profundidade de cinco metros, o correto é descer pelo menos quinze metros de corrente e ou corda, no mínimo.

Tem gente que utiliza quatro vezes mais. Imagine utilizar somente cinco metros numa profundidade de três metros e meio. A maré vai encher...O barco irá se soltar da areia no fundo, e da mesma forma, se utilizar somente o necessário de corrente ou corda amarada na âncora e uma corrente marítima arrastar o barco, ele irá ficar à mercê da correnteza. Se tiver descido mais do que o necessário, a corrente irá se arrastar até unhar em outro ponto na areia ou pedra e travar o movimento do barco.

Deixei o barco contra a correnteza com o motor puxando levemente a corrente esticada até sentir que a âncora se desprendeu da areia no fundo do mar. Coloquei para funcionar a catraca elétrica, e a corrente foi enrolando...Nos últimos dois metros fui mais devagar até que a âncora subiu até o compartimento no convés e encaixou no lugar. O veleiro agora estava solto e livre para seguir na direção norte até a praia do Perequê.

Atravessar o canal levou cerca de 35 minutos e com motor. Queria passar alguns dias por lá e de lá navegar pela costa, visitando as praias, uma mais linda que a outra. Chegando, fiquei ancorado próximo do Pier do Perequê. Meu planejamento era à cada dia velejar em direção a uma praia da ilha até fazer o contorno. Mas iria fazer isso parando em cada enseada. Pressa para quê?

Quando terminasse de contornar a ilha, e isso levaria uns dois ou três meses no ritmo programado, eu poderia velejar para distâncias mais longas...Ilhabela para Paraty, para começar.

Nos trópicos, você não pode simplesmente sair navegando, muitas vezes você necessita pegar uma janela metereológica para aproveitar e sair rumo ao seu novo destino. Na mesma latitude onde Ilhabela se encontra até a Nova Zelândia, existem as janelas meteorológicas que permitem as suas chegadas e saídas. Mas esta é uma questão para ser mais aprofundada no caso das travessias oceânicas. Navegar costeando, precisa ficar atento também as janelas de entradas e saídas, mas são mais suaves e nada que um navegador mais experiente não consiga fazer.

O mar exige respeito e na aviação também. Os famigerados CBs... Ou Cumulus-Nimbus, são nuvens com formato de bigorna, que podem-se estender por dezenas de quilômetros, e atingem os meios de locomoção. Seja no ar ou no mar.

Pegar um CB de frente é querer desafiar o sistema que se forma diante de seu barco e, quando se recebe com antecedência o mapa de tempo na rota, se há um aviso de frente de chuvas e temporais ou formação de um CB, o melhor, na maioria das vezes buscar abrigo para o barco no caminho e dar to empo necessário para voltar a navegar com segurança.

Se estiver no mar e um sistema deste se formar, você consegue localizá-lo à quilômetros de distância. Se o seu barco for pequeno, será o suficiente para ser mexido por todos os lados pelo mar revolto. Procure estar muito bem preparado e com todas as informações necessárias para zarpar na direção oposta desta formação, pelo menos até que ele se disforme.

As Cumulonimbus, é considerada uma das nuvens mais perigosas. Quando formada, pode produzir neve, granizo, raios, e até tornados.

As cumulonimbus são a fonte primária da ocorrência de raios na atmosfera, isso porque o atrito das gotículas de água com o gelo dentro da nuvem, facilita a intensificação da formação das descargas atmosféricas.

Elas são mais típicas dos meses mais quentes do ano, durante o período da tarde ou também associadas a frentes frias. Podem surgir também próximo a cadeias montanhosas em função dos ventos orográficos.

Em seu interior, os ventos podem ultrapassar os 120 km/h.

Capitulo Dez

Bora navegar

Navegar é preciso, se for com precisão, melhor ainda.

Navegar é preciso e parece que sempre existiu uma interpretação errada da frase...Não é preciso no sentido de precisar e sim de precisão.

Tanto na aviação quando no meio náutico, a precisão faz com que você chegue ao destino planejado e não há maior satisfação quando isso acontece pela primeira vez.

Chegar no destino traçado é ter a certeza de que você compreendeu os fundamentos da navegação. Num barco, você tem a bússola e tem também o GPS (Santa invenção) que te ajudam a chegar num ponto do planeta. Navegar através das constelações estrelares, assim faziam os antigos navegadores e existiam alguns instrumentos que os ajudavam muito...

Bússola ou Agulha de Marear:

Um dos instrumentos náuticos mais importantes para as Grandes Navegações foi a bússola ou agulha de marear, inventada pelos chineses. Basicamente era composta por uma agulha imantada que se alinha com o campo magnético natural da Terra, permitindo saber a direção para a qual o navio segue, ou seja, o seu rumo.

Compasso:

O compasso era um instrumento utilizado até os nossos dias. No passado, confeccionado em latão ou bronze e serve para medir e transportar distâncias e para descrever arcos e círculos. Constituído de duas hastes ligadas e articuladas em uma das extremidades por uma charneira, tendo nas outras extremidades em ponta seca ou um porta-lápis ou um tira-linhas.

Essa navegação por singradura, também chamada de "estima", esteve em voga no mediterrâneo desde o segundo quartel do século XIII. O ponto obtido era denominado ponto de fantasia porque dependia exclusivamente da estima ou fantasia do piloto.

Balestilha:

Os pilotos portugueses introduziram métodos astronômicos combinados com a latitude do ponto em que se encontrava a embarcação no mar e o rumo, cujo ponto encontrado era chamado de esquadria.

Para tomar a altura do Sol e de outros astros, o instrumento utilizado a partir de 1342 era a balestilha. Era constituída por uma vara de seção quadrada de três a quatro palmos, o virote, no qual passava uma vara menor, a soalha, que corria perpendicularmente sobre o virote. A balestilha era apontada para o astro e o horizonte e, por meio da soalha, era possível determinar a sua altura em relação a linha do horizonte, lendo-a no virote graduado em graus.

Os portugueses utilizavam a balestilha desde o século XVI, caindo em desuso em detrimento do astrolábio a partir do século XVIII. Era também conhecida como raio astronômico, bastro-de-Jacob, vara-de-ouro, radiômetro, balestrilha, báculo-de-Jacob e báculo-de-São Tiago.

Possivelmente foi criada pelos portugueses a partir de um aparelho de origem Árabe chamado Kamal. Como era preciso posicionar o aparelho voltado para o Sol, o inglês John Davis inventou uma balestilha que permitia a leitura da latitude de costas para o astro rei.

Astrolábio:

A latitude era obtida com o uso do astrolábio, medindo a altura do Sol ao meio dia. De posse desse dado, procurava-se o valor de declinação solar correspondente ao dia do ano, existentes nos Regimentos do Astrolábio, e lançavam-se os dados nas fórmulas para determinar o ponto em que se encontrava. O astrolábio náutico foi usado pelos navegadores de todo o mundo até o aparecimento do sextante no começo do século XVIII.

O astrolábio é uma palavra de origem Árabe, asturlab, e Ptolomeu empregou-a para designar uma espécie de mapa-mundi. Foi usado até o aparecimento do sextante no começo do século XVIII e, apesar de a invenção do astrolábio ser atribuída ao astrônomo grego Hiparco (século II a.C.), alguns autores afirmam ser o instrumento do conhecimento de Apollonio de Perga, que viveu do final do século III ao começo do século II a.C., ou talvez do Eudoxo de Cnido (409-395 a.C.), que viveu muitos anos no Egito.

O astrolábio passou do Egito aos gregos e destes a Espanha, levado pelos Árabes.

Os portugueses na época dos descobrimentos marítimos simplificaram o astrolábio astronômico de modo a facilitar as observações no mar, ficando reduzido a um círculo externo graduado, transformado em um aro e conservada a alidade com suas duas pínulas e respectivos orifícios. As dimensões foram aumentadas para permitir uma melhor visão do limbo e, portanto, uma maior aproximação até o meio grau.

No que diz respeito as dimensões desse tipo de equipamento, alguns astrolábios da época dos descobrimentos mediam meio metro de diâmetro, um centímetro de espessura e pesavam 10 quilogramas, sendo fabricados em latão ou madeira.

Para ser usado, o instrumento era suspenso pelo anel por uma das mãos ou por um cabo e mirava-se o astro pelo orifício das duas pínulas, tendo o cuidado de se colocar o olho junto a extremidade inferior da medeclina. Movia-se a medeclina de maneira que o raio solar passasse pelos orifícios das duas pínulas. O manuseio era facilitado fazendo-se projetar em cheio a sombra da pínula superior sobre a inferior.

A altura máxima de uma medição correspondia a posição estacionária, por alguns momentos, da medeclina, cujo movimento, semelhante ao fiel de uma balança, originou a expressão "pesagem do sol".

O desconhecimento, por razões técnicas dos navegadores, de como calcular a longitude, fez com que acontecessem erros grosseiros de localização, acarretando, na maioria das vezes, em acidentes que subsidiaram a história Trágico-Marítima de todos os países que se aventuraram nos mares e oceanos.

Para saber exatamente a posição em que está um navio em relação ao globo terrestre, é preciso calcular a latitude e a longitude do lugar.
Na prática, o cálculo da longitude depende de se determinar a hora com precisão. Entretanto, em face da inexistência do cronômetro (o que só ocorreria em 1760 com as pesquisas de John Harrison), a hora

só pode ser calculada pela primeira vez, no mar, por James Cook em sua viagem para a Austrália em 1769.

Quadrante:

Outra forma de obter a altura meridiana do Sol era com o uso do quadrante. Para medição noturna, utilizava-se como referência a Estrela Polar (α Ursae Minoris) e com uma simples correção obtinha-se a latitude do lugar.

O quadrante é um instrumento destinado a medir ângulos, semelhante ao sextante atual, mas o limbo abrange apenas um quarto de círculo, ou seja, 90 graus. O quadrante astronômico era empregado para resolver problemas astronômicos e para obtenção da altura dos astros. Tinha um fio de prumo descendo desde o seu vértice superior.

Outro tipo de quadrante era o de declinação ou náutico que possuía um gráfico traçado em um quadrante de graus, no qual figuravam os doze signos, e destinava-se a achar a declinação do Sol e, para tal, era necessário saber o lugar do astro na ecleptica. É descrito por João de Lisboa no Livro de Marinharia, do século XVI, sendo o mais antigo ábaco náutico que se conhece.

Ampulheta:

No que diz respeito a medição do tempo, utilizava-se um relógio de areia ou ampulheta. Normalmente eram empregadas as ampulhetas que levavam meia hora para se esvaziar. Um pajem era o fiel para virar a ampulheta quando caísse toda a areia.

Esse aparelho, provavelmente de origem espanhola, foi usado até o século XVIII.

É constituído de dois recipientes de vidro, de dimensões iguais, ligados entre si pelo vértice com estreita passagem, contendo em um deles areia de fina granulometria. A passagem completa dessa areia do vaso superior para o inferior serve para medir o tempo.

Tábuas solares:

As tábuas solares eram listas de auxílio aos cálculos para navegação estimada, onde se entra com o rumo e a distância percorrida.

A partir desses dados, a tábua fornece a diferença de latitude. Também chamadas de tábuas de declinação solar, existem dois exemplares conhecidos como os Regimentos de Munique e de Évora.

Já as tábuas de Faleiro foram confeccionadas pelos irmãos portugueses Francisco e Rui Faleiro, sendo o primeiro cosmógrafo, os quais passaram a trabalhar para a Espanha. Seus dados foram calculados a partir dos dados do Almanach Perpetuum do astrônomo Abraão Zacuto.

Outras tábuas conhecidas são as de Toledo, possivelmente as mais antigas, precedendo as Afonsinas em dois séculos, foram calculadas para navegação astronômica pelo matemático e astrônomo árabe Al-Zargáli em 1300.

Tábuas Náuticas:

Na atualidade, existem as tábuas náuticas que são publicações contendo diversas tábuas com dados relativos a aritmética, geometria, astronomia, e geografia, para facilitar os cálculos da navegação. No Brasil, esse tipo de publicação fica a cargo da Diretoria de Hidrografia e Navegação, são as chamadas Tábuas para a Navegação Estimada.

(Fonte: Brasil Mergulho)

Capitulo Onze

Contornando toda a Ilhabela

Antes do próximo destino, conhecendo com calma o paraíso

Foram quase dez meses navegando pelas águas de Ilhabela. Parando em cada enseada: Praia da Fome; Praia da Armação; Praia do Perequê; Praia das Pedras Miúdas; Praia da Feiticeira; Praia do Curral, Praia de Castelhanos, Praia do Jabaquara e outras mais que ficam na parte Oeste e Noroeste da Ilha. No lado sul da ilha, a praia do Bonete, das anchovas, de Indaiatuba, um pouco mais isoladas, porém mais privativas também; Praia da Caveira ao lado da praia Guanxuma, quase uma fenda que sai na mata., e por fim, quase de frente para praia de Serraria, uma esticada até a pequena ilha de Búzios.

Neste tempo todo pude fundear o veleiro em frente à cada pedaço de paraíso destes lugares e aproveitar as águas abrigada e quase serenas.

Estava chegando a hora de uma nova revisão no casco e fazer pequena manutenção no motor do barco. O filtro de água salgada estava um pouco úmido por fora e pude receber também que ao motorar, um pequeno ruído parecia sair diferente no motor.

Percebi também que o veleiro já não deslanchava liso, igual quando saiu da reforma. Percebo que as cracas devem ter tomado conta de novo do casco, apesar de ter feito toda a reforma utilizando materiais preventivos.

Tenho como planejamento fazer a próxima velejada de Ilhabela até Paraty, que deve dar em torno de 50 milhas e devo fazer entre um ou dois dias de navegação direta, sem descanso para dormir, além de meia hora de sono em cada hora passada. Se não conseguir, ancoro no caminho para descansar.

Planejo ficar em Paraty por cerca de igual período que fiquei em Ilhabela, me preparando para, depois, zarpar para Recife, já um pouco mais experiente. Esta novo trecho, deve dar cerca de 1600 milhas náuticas e devo ir parando primeiro em Vitória no Espirito Santo, depois em Porto Seguro, Ilhéus, Salvador, Aracajú, Maceió e finalmente Recife.

Estimo levar cerca de 12 dias navegando com 6 nós em média, porém,   tudo vai depender de variáveis que se apresentem pelo caminho, entre elas, a vontade de ficar mais tempo em um lugar. A pressa é o que deixei pelo caminho. Agora, calculo meu tempo com que eu desejar e **Elohim** e o tempo permitir.

Estimo que a partida de Ilhabela será após a inspeção do casco e do motor, daqui dois dias.

Após acertar com a Marina para suspender o veleiro e realizar manutenção no fundo do barco, final da tarde, subimos o barco e o colocamos nos calços. Deixei para fazer a inspeção e o que for necessário para começar no dia seguinte.

Cracas. Que craca!

No dia seguinte bem cedo, em torno das 5:30 horas, tomei o café da manhã à bordo e desci pela escada. O veleiro estava em cima dos calços e com a claridade do dia que se fazia presente, pude verificar os estragos. A parte de baixo do casco, da linha de água para baixo estava cheia de cracas, de novo, mas nada que uma boa raspada, pudesse resolver, com todo o jeito para não arrancar a tinta que ainda estava muito recente e boa.

Mãos à obra marujo...Pequei um raspador e comecei a raspar o casco e retirar as cracas. Isso foi das 6 até as 17 horas, quando deu sinais de que logo irá escurecer.
Parei de raspar e fiz uma minuciosa inspeção à procura de pequenas bolhas ou das Osmoses. Aparentemente não havia nenhuma avaria que merecesse tirar meu sono. No dia seguinte eu saberia melhor se há algo abaixo do que restou das cracas.

Novo dia. Após o barco secar nos cavaletes, fui fazer nova inspeção. Agora seria a vez de utilizar a água com esguicho de pressão, mas tomando o cuidado para não tirar a tinta. Esta etapa foi rápida e verifiquei que o casco estava integro, sem maiores danos, assim como o hélice, o eixo do hélice, as entradas de água e as telas de proteção.Recolhi as tralhas e fui tomar banho na Marina.

Um pouco mais tarde, fui tomar um aperitivo e uma boa refeição por ali mesmo e voltei para o barco para descansar.

Se continuasse tudo bem, neste ritmo, sem surpresas, mais um dia e eu poderia zarpar.

Me veio a lembrança quando pegava carona com outros pilotos de pequenas aeronaves e tínhamos que pousar para reabastecer e seguir viagem. Eu ficava agitado para subir logo de volta na aeronave e decolar. É como se o céu fosse o meu lar e a terra era apenas uma pausa do voo para voltar aos céus.

No **Elohim,** passei pela mesma sensação...Estava inquieto para terminar logo a manutenção no barco, colocá-lo na água e navegar.

Ficar em terra para mim seria quase como se sente um peixe fora da água.

O mecânico enquanto terminava com o casco, tirou o filtro de água salgada e fez as verificações necessárias. Trocou as vedações que já estavam gastas.

Aproveitei para examinar os registros de água da cozinha, dos banheiros, do motor, da bomba do porão e das gaiútas. Havia percebido, quando navegava pela costa de Ilhabela, num temporal, que entrou um pouco de água através de algumas gaiútas e vigias. Peguei a mangueira de alta pressão de água e joguei bastante água no convés, próximo das janelas.

Fui para dentro do barco e verifiquei que três estavam com vazamento. Talvez por isso, quando comprei o barco, havia água no paiol e na casa de máquinas.

Um barco necessita de cuidados e de manutenção preventiva constante. Esta era a minha nova casa e, até agora, após quase um ano de uso, considero que mesmo após terminar a limpeza do caco e dar manutenção no motor, fazendo o reparo e trocando óleo e filtros, substituindo as borrachas de vedação das gaiútas e vigias, com tudo isso ainda gastarei abaixo da média do que gastaria com a manutenção de uma casa, e ela, por mais trabalho que me desse, hoje talvez conheça este barco melhor do que o antigo proprietário. Com **Elohim,** até agora, foi só alegria e vontade de viver a vida plenamente no mar.

Troquei as guarnições de borracha das pequenas janelas e aproveitei para fazer nova inspeção na bomba de porão. Não gostaria que, caso precise, ela acabe me deixando na mão. Toda bomba de porão tem uma capacidade de escoamento e basta alguns vazamentos e o barco enchendo de água para que a bomba não dê conta ou que falhe na hora que se precise dela.

Aproveitei para trocar a bateria reserva da bomba de porão e também aproveitei para instalar duas placas de painel solar na poupa do barco.

Energia é essencial para a segurança de bordo e o sol brilha sob todos os ângulos, então, por que não aproveitar tudo isso?

As duas placas solares instalei num suporte, feito especialmente para que as placas se movimentem manualmente por quase 60 graus, caçando a melhor posição para obter os raios solares .

Coloquei 4 cantoneiras de aço inox no suporte que fica acima do toldo do convés, na popa, e instalei as duas placas de energia solar.

As placas já vieram com os conectores originais e depois de fixar as placas, foi só plugar para fazer funcionar.

Aproveitei também para passar um produto á base de silicone na capota (Dog-House) para sua proteção, pois ficará boa parte do tempo, a partir de agora, embaixo das placas solares.

Aproveitei e passei o líquido de proteção no Top Hards, na capa de proteção da Mestra, e quero fazer isso pelo menos à cada seis meses.

Capitulo Doze

Hora de zarpar

Depois de esvaziar os bolsos

A manutenção rendeu bastante e com ela terminada, barco na água; era hora de testar minuciosamente se não havia infiltração de água nas entradas dos registros de dentro do barco. Movimentei o veleiro e naveguei um pouco. Parei para examinar os registros de água e também a bomba de porão se estava tudo seco no paiol. Já havia examinado a bomba de porão, e estava tudo em ordem e, como todas as inspeções, com o barco no seco, e agora no mar, estavam indicando que tudo estava em ordem. Retornei até onde estava a poita, amarrei o barco e fui fazer o planejamento da viagem até Paraty.

Já havia feito um pré-planejamento e um perrengue me esperava quase chegando em Paraty. Próximo do destino, há a ponta de Joatinga, famosa por aterrorizar velejadores e marinheiros que por lá passam em direção à Paraty.

Existe uma formação de pedras na ponta da ilha e o sol reflete nas pedras, acabando por ofuscar quem está no comando do barco e acidentes acabam acontecendo e também perdas dos barcos.

Alguns marinheiros e velejadores haviam informado de que a ponta da joatinga é como a ponta da cabeçuda ou a Ponta da Pirabura ou seja, não é nenhum bicho de sete cabeças comedor de barcos.

Perto das pedras, além da ondulação natural do mar, se pega o reflexo delas após elas se chocarem contra as pedras, o que causa mais agitação das águas no local.

Se esta agitação estiver ruim, deram a dica que basta afastar por 2 ou 3 milhas náuticas mar aberto e não pegarei este efeito e preservará o barco.

Havia lido que na Ponta de Pirabura, ou próximo dela, na madrugada de 05 de Março de 1916, o transatlântico Espanhol Principe das Astúrias havia afundado quando bateu forte em uma laje submersa no local. Este terrível acidente ceifou a vida de centenas de pessoas. Oficialmente informaram que morreram no acidente 445 pessoas de um total de 654 entre tripulantes e passageiros, mas outras fontes contam que no porão do transatlântico estavam cerca de 1000 refugiados da primeira guerra mundial. Chovia forte e a visibilidade era quase nula quando houve o acidente, e esta seria sua sexta viagem entre Barcelona e Buenos Aires, e este era o navio mais luxuoso da Espanha.

Contam também que o capitão do navio, desaparecido, levava em seus cofres cerca de 11toneladas de ouro. Um dos tripulantes, que viveu em Ilhabela por alguns anos, chegou a afirmar na época que o Capitão poderia ter se evadido com o ouro antes do navio afundar e que este, planejara afundar o navio em águas Argentinas, num determinado local onde as águas eram mais calmas e haveria melhor chance de sobrevivência dos passageiros.

O historiador e escritor grego Jeannis Platon, especialista no caso, acha que o naufrágio foi proposital para justificar o sumiço do ouro."

"Jeannis Platon realizou mais de 300 mergulhos no navio, durante 18 anos, até conseguir localizar uma das 20 estátuas. Chegou a investir US$ 300 mil em dez anos. O ouro jamais foi encontrado."

Fonte: Jornal O Estado de São Paulo, edição online de 4 de Dezembro de 2017.

O sol naquela manhã, refletia nas águas calmas de Ilhabela, um convite à navegação que eu e Elohim faríamos costeando entre Ilhabela e Paraty. São cerca de 50 milhas náuticas e a minha previsão era parar por uma noite, para dormir ancorado em Ubatuba.

Havia sido convidado para jantar com alguns velejadores que conheci ao reformar o barco em Ilhabela, e eles estavam me aguardando para conversas jogadas ao vento, em homenagem a minha primeira navegação pela costa brasileira. Eu naveguei até então, pelos arredores de Ilhabela e agora, saia do ninho para fazer o que tanto sonhara...Navegar de um ponto a outro em solitário.

Minha estratégia, até então, parecia ser a mais correta. No dia seguinte do encontro com os amigos, partiria mais do que preparado, com muitas informações, para dar conta do contorno com segurança pela ponta da Joatinga para poder fundear o veleiro próximo do cais de Paraty.

Em Paraty havia conseguido um lugar para fundear o **Elohim** distante o suficiente da cidade, porém, eu iria de bote até o ancoradouro e de lá, poderia caminhar pelo cais e ir até o supermercado repor suplementos e até onde eu precisasse comprar outras coisas, para mim e para o barco.

O vento não estava favorável e motorei até livrar a saída do canal na proximidade da praia das Cigarras. A partir deste ponto, estava em mar aberto e o vento estava contra. Precisei navegar à bolina ou cochado que é feita mantendo a embarcação sempre cerca de 45 graus em relação ao vento contrário.

Vento contra ou vento à favor? Qual o melhor para navegar?

Drible no mar. Posição da vela e ziguezague são truques para desafiar a ventania:

1. Para navegar à bolina, é preciso acertar a posição da vela. Ela precisa dividir mais ou menos na metade o ângulo formado entre a direção do vento e o eixo do barco. Com isso, a maior parte da força contrária do vento é desviada, "escorregando" pela vela e passando batido

2. A parte da força que empurra a vela para a frente é perpendicular a ela, e pode ser decomposta em outras duas forças: Uma perpendicular ao eixo do barco e outra que segue esse eixo

3. A força perpendicular empurra o barco lateralmente, mas não é suficiente para arrastá-lo de lado por causa do formato da

embarcação e da resistência da água. A única coisa que acontece é que o barco inclina um pouquinho.

4. A força que segue o eixo da embarcação é a menor de todas, mas é a que de fato leva o barco para a frente. Como essa manobra não é feita totalmente contra o vento, para atingir seu objetivo o navegador precisa mudar a direção do barco, fazendo um ziguezague
(Fonte: Editora Abril, revista Super Interessante).

Fui caçando a melhor posição do vento até próximo da ilha de tamanduá, mas não teve jeito, como o percurso de Ilhabela a Ubatuba é curto (24 milhas) fiz todo ele com motor.

A paisagem é muito bonita e o dia estava lindo, aproveitei para marcar alguns waypoints nomeando os lugares muito lindos que fui encontrando pelo caminho.

Não foi desta vez que encontrei ventos favoráveis para abrir as velas e não precisar utilizar o motor para navegar. Tenho certeza de que no próximo trecho entre Ubatuba até Paraty, terei oportunidade de experimentar ventos acima de 12 nós e com as velas içadas inclinar um pouco o barco com a força dos ventos.

Foi quase caindo o entardecer lindo daquele dia fantástico que me aproximei do ancoradouro da Marina onde havia combinado deixar o veleiro e descer em terra para me encontrar com os amigos.
Quando me aproximei mais do ancoradouro, pude ver que eles já estavam me aguardando na vaga destinada para meu barco.Deu um frio na barriga em pensar que eu não poderia fazer feio na manobra um pouco difícil, já que as vagas eram um pouco apertadas e eu precisaria me aproximar com calma, colocar a proa em Boreste e dar ré no motor, para me encaixar entre dois veleiros.

Me aproximei com motor quase na posição neutro, virei a proa para estibordo e depois coloquei a manete na posição de marcha a ré e fui voltando o leme na posição bombordo até que centrei o leme e levemente acelerei para frente para anular a força do motor que estava acelerando para trás.

As defensas traseiras encostaram suavemente no píer e meus amigos fizeram a amarração do barco no cais e desliguei o motor. Pronto... Havia chegado bem e feliz até a primeira perna da viagem.

Fui recebido como uma salva de palmas e rapidamente me fizeram ir até o píer e me jogaram na água, no primeira espaço vago entre os barcos. Havia recebido o meu batismo de água salgada e confesso que se não tivessem feito isso, eu mesmo teria me jogado na água por ter vencido este primeiro trecho até Ubatuba.

A noite foi de conversa sobre travessias oceânicas e eu estava hipnotizado pelas histórias contadas. Cada uma mais fascinante que a outra. Rolou também travessia entre oceanos, passando pelo canal do Panamá e como um velejador ajudou outro nas cordas para facilitar a lenta movimentação entre o canal estreito formado pelos paredões de metal.
Cada dia eu percebia mais, que no mar não existe esta de que país você é e sim chega mais amigo, vamos dar as mãos e nos ajudar.

Naquela noite eu ia entrando de volta no veleiro e tinha a intenção de revisar o planejamento da rota até Paraty, mas ao me aproximar do barco, senti paixão pelo meu veleiro e o que fiz foi colocar uma cadeira no convés e ficar apreciando as estrelas no céu limpo e a brisa batendo em meu rosto e cabelos, pensando em quanto sou abençoado por Deus, por permitir que na minha idade eu pudesse viver esta incrível experiência. Fui dormir como uma pedra.

Precisava repousar para enfrentar meus medos, em especial sobre a passagem da Joatinga. Seria mais um desafio dos grandes que eu iria enfrentar..

Acordei as 5 horas e o sol já estava à pino. Eu estava com uma disposição incrível e louco para soltar as amarras e partir para Paraty. Minha segunda ancoragem e, por lá, eu pretendia passar pelo menos 10 meses ou um ano, quem sabe, naquele lugar.

Liguei motor e livrei o barco das amarras. Naquela hora o mar estava muito calmo. Fui manobrando o veleiro até sair do ancoradouro e fui deixando para trás Ubatuba. Passei em seguida pela praia de Itamambuca em direção ao morro de Picinguaba, contornando as ilhas pelo caminho.

Após este ponto, peguei ventos favoráveis e abri as velas para sentir a velocidade crescendo. Utilizei meu corpo para contrabalancear a leve inclinação do barco e atingimos 12 nós em direção a Joatinga. Chegando mais próximo, procurei reduzir um pouco a velocidade afrouxando as velas próximo a praia do sono. Agora era só virar a Bombordo em cerca de 30 graus e ir me aproximando da ponta de Joatinga.

Próximo, percebi que as águas estavam realmente um pouco mais turbulentas naquele local. Preferi movimentar a proa à direita em 90 graus e entrar mar adentro duas ou três milhas afastadas da ponta de Joatinga. Percorri as milhas e ultrapassando aquela ponta, aproei novamente para bombordo passando ao largo pela Ilha do algodão até finalmente entrar pela Baia carioca e chegar ao ancoradouro em Paraty.

A passagem pela ponta de Joatinga não tinha sido tão complicada quanto haviam me falado, porém, desviando do suposto perigo, optei por não correr riscos. Foi uma boa decisão.

Prendi as cordas do veleiro no ancoradouro e fui à procura de meu anfitrião. Estava feliz e eufórico. Havia chegado na terra do navegador brasileiro mais famoso de todos os tempos. Terra de Amyr Klink e eu posso aprender muito ouvindo suas histórias e talvez conhecer o seu veleiro Paratii 2.

Jantamos e conversamos bastante sobre a região, o legado de Amyr Klink, que para nós velejadores e também para o nosso paisé motivo de muito orgulho e falamos sobre o tempo em que eu ficarei por aqui e qual seria o melhor lugar para lançar âncora. No final, das opções apresentadas, escolhi ficar em frente a praia do Jurumirim. A famosa praia onde Amyr reside. Quem sabe teria a sorte de conhece-lo pessoalmente. Permanecer por ali algumas horas e depois ancorar em outra região.

Começava assim, a partir de amanhã, a minha estada em Paraty. Se eu gostasse da região ficaria entre dez meses e um ano. Navegando por estas águas e tomando experiência, sem pressa, para depois deste tempo, velejar um pouco mais longe. De Paraty à Recife.

Eu tinha planos de adquirir boas experiências de navegação com quem conhece bem este assunto, para depois de chegar em Recife, passar mais algum tempo por lá. Tempo para me preparar e também para preparar barco para a minha primeira travessia oceânica. O trecho eu já tinha em mente, seria partindo de Recife até Fernando de Noronha e de lá até Cabo Verde para passar tempo suficiente para fazer nova manutenção no barco e depois zarpar para Lisboa.

Tinha planejado, após a travessia oceânica, passar uma boa temporada na Europa, ficar três meses em Portugal navegando e depois indo para a Croácia permanecer mais três meses e em seguida fazer a costa Italiana iniciando por Veneza, descendo até Bari que é a terra de meu avô e depois rumar para Sicília.

De lá ou seguia para a Grécia ou para a Espanha, retornando até Lisboa. Enfim, eu tinha planos e poderia seguir, ou não, dependeria de muitos fatores, mas não teria pressa.

Poderia simplesmente gostar de um lugar e se fosse possível, passar um bom tempo nele sem precisar voltar para o Brasil.

Capitulo Treze
Contas, para que te quero?

Pior que as cracas

Antes que você jogue o livro na parede, porque nada escrevi sobre quanto se gasta para viver num veleiro, já vou respondendo...O gasto é proporcional ao tamanho do seu barco e ao tamanho de sua família.

Pesa mais o tamanho do barco do que o tamanho da familia.

Já escrevi nos capítulos anteriores, o quanto uma manutenção preventiva sai muito mais em conta do que uma manutenção depois que há quebras.

Eu tenho feito revisões à cada período, levando em conta se naveguei bastante ou pouco. Minha conta tem sido esta:

-Se fico mais ancorado, do que navegando. Faço revisão geral a cada período de um ano.
-Se navego mais do que fico ancorado. Faço revisão geral à cada trecho longo navegado.
Uma verificação, na verdade. São nestas verificações onde a gente descobre um pequeno vazamento, uma lâmpada na ponta do mastro queimada e que se não trocada por uma nova acaba por colocar o veleiro em risco na navegação. São luzes de navegação e muito importantes e que devem ser revisadas.

- O fundo do barco...Tirar o barco da água para remover as cracas eu prefiro fazer a cada dois anos, ou se perceber que o leme esta estranho ou o barco não está mais com a velocidade costumeira, então, ou mergulho para verificar o fundo do barco ou contrato alguém para fazer este serviço. Verificando que há um problema com cracas ou algum enrosco no hélice é a mesma questão, ou mergulho e resolvo ou pago alguém para remover o problema e aproveitar para fazer a limpeza do casco ao mergulhar.

Meus gastos médios mensais - em torno de R$ 4.800,00 ($1000)

Calculo sobre um ano, ou seja R$ 57.600,00 ($11,300), sem contar a reforma do veleiro.

Gasto com turismo...25%

Gasto com manutenção..20%

Gasto com Diesel..15%

Gasto com marina...12%

Gasto com mercado...10%

Restaurantes... 8%

Extras.. 4%

Internet...3%

Farmácia...3%

A percepção que tenho: Se for um casal vivendo no barco, o custo aumenta pouco e somente nos itens turismo, mercado, restaurantes e talvez farmácias. Os demais percentuais referente os custos são quase fixos, salvo se acontecer uma quebra de um equipamento ou acidente que afete alguma parte do barco e que exija o conserto e a troca de algo que não estava previsto.

Agora eu tinha uma qualidade de vida muito superior a que levava, havia descoberto de que precisaria muito pouco para viver à bordo. Meus gastos caíram pela metade e ainda pude me desfazer do carro, que ajudou a reforçar as minhas reservas e a me livrar de custos um tanto desonestos.

Descobri também que poderia ganhar dinheiro extra trabalhando Home Office, ou Vela Office como preferirem. Filmar, fotografar, editar vídeos dos lugares onde eu navego e contar a minha nova fase de vida e de aventuras, trazem um público ávido por notícias náuticas, de pessoas que querem viver esta vida ou que já vivem e navegam em solitário, casais, com ou sem filhos.

Quem nos mostrou este filão foi a família Schurmann de Santa Catarina, que foram os pioneiros no Brasil a navegar ao redor do mundo com sua família postando seus videos e escrevendo os seus livros.

Eles atiçaram a nossa mente e a curiosidade que o ser humano tem em olhar as façanhas alheias e o oceano sempre fascinou a humanidade e foi através destes desafios que grandes nomes de velejadores do mar, navegaram e descobriram territórios e países que antes eram habitados somente pelas tribos de índios locais. Bem ou mal, a navegação no mar trouxe até o nosso século a evolução humana e com ela a evolução tecnológica que ainda gatinha na exploração dos oceanos.

Não poderia deixar de citar, falando em vida náutica, Jacques Cousteau, que, após séculos das descobertas dos territórios pelos navegadores do passado, nos mostrou o mundo imenso e maravilhoso que existe embaixo das águas dos mares.

Ainda há muito espaço para sair navegando. Ainda há vários paraísos para serem explorados por aqueles que tem a coragem para fazer a pena ter recebido de presente o que é mais precioso para cada um...A Vida em nosso planeta Azul..

Capitulo Quatorze
Paraíso...Paraty

Dá para visitar uma praia a cada dia do ano

Paraty possui mais de 300 praias e 60 ilhotas ao redor. A vocação náutica da cidade é tão forte, que aconteceu um fenômeno da junção de tantos barcos num mesmo lugar. O lugar respira a náutica. Pena que, assim como a maioria das cidades brasileiras, começaram bem planejadas, mas os seus gestores municipais não fizeram a lição de casa, não fazendo um plano diretor municipal preservando o patrimônio público e não investindo o quanto deveria em infra-estrutura para acompanhar o crescimento da cidade. Infelizmente Paraty não está só neste quesito. Felizmente há residentes ou novosresidentes que lutam por amor à cidade.

Amyr Klink herdou um pedaço do paraíso numa época em que fazer uma marina molhada naquele lugar era motivo de espanto e piadas. Apesar das adversidades, planejou e realizou o seu sonho. Hoje, no aspecto náutico, Paraty tem a melhor infra-estrutura do Brasil e arrumar uma vaga na marina do Amyr é difícil.

Incentivar as pessoas a viver no mar que ali esta, e é gratuito. De repente as pessoas vão começar a descobrir isso e passar a ocupar os imensos espaços que existem para navegar. O nosso planeta, é composto por 71% de águas e destas, 97,5% de água salgada.

Você já deve ter visto alguns proprietários que possuem suas terras, e o Rio, ou lago em frente, a beirada pertence a eles.

Eles ocupam uma margem e só chegando de barco naquele espaço, e que você pode temporariamente ocupar, com a devida permissão.

Você pode morar num barco. Me lembro, quando morava na cidade do Rio de Janeiro de um sujeito que morava numa canoa, num dos canais que dão acesso à Barra da Tijuca. Aquele homem se tornou um ser exótico de se ver, mas creiam, na cabeça dele, aquele era o seu lar...Creio que muitos iguais a ele moram em seus barcos que navegam pelos Rios e Lagos.

O inacreditável, é que temos 1,4 bilhões de km cúbicos que podem receber o seu veleiro ou barco e a frota estimada é de 33 milhões de barcos.

O site italiano Giornale Della Vela fez um levantamento náutico com a contagem do número de embarcações de esporte e recreio em águas internacionais. Resultado: estima-se que haja 33 milhões de barcos no mundo (apenas 8% deles são veleiros), e quase a metade se concentra nos Estados Unidos, que soma uma frota de quase 16 milhões de unidades (taxa de 48 barcos por 1000 habitantes).

Mas os americanos não são os que mais gostam de navegar. Neste quesito (taxa por 1000 habitantes), os canadenses ocupam o topo do ranking, com uma média de 234 unidades; o país tem 8,6 milhões de barcos para 36,7 milhões de habitantes.

Finlândia, Noruega e Suécia oscilam entre 75 e 210 barcos por 1000 habitantes. A Nova Zelândia tem 153. A Austrália, 40,6. Entre os países mediterrâneos, Croácia (com 25 barcos por 1000 habitantes) e Grécia (17 barcos) entram no top 10. A Itália está entre os países com maior números de embarcações de lazer registradas, 577.513, mas, na proporção número de barcos por 1000 habitantes fica em apenas 9.

Segundo dados do 5º Congresso Internacional NÁUTICA, realizado no São Paulo Boat Show 2019, o Brasil registra cerca de 700 mil embarcações de lazer e uma população perto de 210 milhões de pessoas (segundo dados do IBGE), o que significa que temos 3,3 barcos por 1000 habitantes.

No último lugar do ranking está a China, com apenas 116.475 barcos para uma população de quase 1,4 bilhão de habitantes, o que dá uma média de 0,08 por 1000. Os dados foram levantados junto à International Council of Marine Industry Associations (ICOMIA), a associação mundial da indústria náutica.

Fonte Nautica.com.br

Há imensos espaços para navegar no nosso planeta, e você pode comprar o seu veleiro e ir morar gastando muito pouco e se divertindo muito mais. Dependerá do seu estilo devida.

Em meio a dúvida, eu me dei conta da qualidade de vida e da segurança que se têm morando num barco. Você pode não ir a lugar nenhum; ficar somente ancorado e trabalhar externamente em Veleiro-Office...É reconfortante saber que não temos que deixar nossa casa, porque podemos levá-la conosco...Ela pode nos levar para onde quisermos ou onde o vento permitir momentaneamente.

A pandemia do Corona vírus (Covid-19) completa neste mês (Maio) 20 meses depois do primeiro alerta em Wuhan na China. Ter-me mantido quase isolado em minha nova casa, tem me ajudado muito, porque estar morando num barco, já há um isolamento natural. Você só sai para comprar esporadicamente, para reabastecer seus mantimentos, estoque de água ou Diesel, ou para fazer alguma manutenção do barco em terra; o que significa que tudo isso pode ser programado e tomar pouco do seu tempo e te manter isolado e protegido deste vírus o maior tempo possível.

A vida toma outro sentido...Quando você quer sair navegando, é o vento quem te carrega para o próximo destino. Você não acorda olha para o sul e diz, vou descer um pouco para o sul...Descerá se houver vento favorável, se o vento favorável estiver para o norte, é para o norte que irá navegar, ou fique mais algum tempo no lugar aguarde uma janela de tempo boa se abrir e siga para o seu próximo destino.

Outros fatores passarão a influenciar o seu rumo...As marés, as estações do ano, os ventos. As pessoas se surpreendem muitas vezes quando chegam para navegar e querem ir para determinado destino...Não é bem assim...

Todos estes novos indicadores é quem vão determinar para onde ir. Pegue como exemplo, um dia onde você quer ir até tal enseada, porém a profundidade daquele lugar dependerá das marés, das horas em que haverá mais profundidade para aproximação, e conforme os momentos da maré, caso estiver por lá, ficará encalhado com o seu barco.

Diferente da vida na cidade, onde fatores que você conhece fazem do seu dia a dia um dia bom ou ruim, no mar, conheça os fatores que podem lhe proporcionar uma navegação segura. Um bom conhecimento náutico e experiência, na prática, tudo se tornará muito mais previsível do que na cidade grande. Por isso se diz que devemos respeitar o mar. Geralmente quem não o respeita, se dá mal.

Se você mora em um barco por tempo suficiente, você cruza um limiar em que a vida no mar se torna 'normal' e a vida terrestre é que é 'diferente'. Velejar se torna a sua rotina, a sua realidade diária.

Tem momentos em que você está cansado, molhado, algumas vezes frustado, confuso e irá ter a certeza que nada conhece do mar.
Tem momentos em que você tem vontade de fazer Yoga no convés, de mergulhar, de pescar, de nadar, de fazer absolutamente nada e ficar contemplando a vida como um todo. Hãã, estes momentos, com certeza serão muitos mais regulares do que os citado acima, logo no começo.

Apesar de utilizar protetores solares, o sol vai queimar a sua pele...
São muitos os desafios no dia a dia e isso tudo vai preencher a sua vida de tal maneira, que quando menos imaginar, viver e morar num veleiro, você vai se sentir realmente em casa.e integrado à natureza exuberante que está ao seu redor.

Capitulo Quinze
Queria ficar um ano
Acabei ficando mais seis meses

Após quase um ano velejando pelas praias e ilhas, passei a fazer trechos entre Paraty à ilha do Cedro, Paraty ao sítio Forte em Ilha Grande.

Passei a ancorar na Marina do Engenho, distante cerca de oito quilômetros de Paraty. Passei também a fazer caminhadas no mirante do lugar que tem uma vista maravilhos, assim, navegar por tantas lindas praias e quando dá vontade, de esticar as pernas, fazer uma caminhada pelas trilhas da região; tudo para fortalecer os músculos das pernas para me preparar para a velejada até Recife.

O tempo passou rapidamente e muitas novas experiências pude agregar ao meu, antes pequeno ou quase nenhum conhecimento... Aliás, o que percebi foi que quanto mais eu conversava com os navegadores mais experientes, mas eu achava que nada conhecia e cheguei a conclusão de que somente na hora em que eu fizesse uma travessia oceânica, talvez ai pudesse me sentir um pouco mais seguro e confiante, mas enquanto isso, vou vivendo o que há de melhor no mundo náutico e em terra...Tudo isso grátis...

Mais uma vez eu penso...Quando morava na cidade, bastava tirar o carro da garagem e mesmo economizando gastava cerca de U$ 30 a U$ 50 no dia. Era dinheiro para o almoço ou lanche, combustível, pedágios, cafezinhos, docinhos, ingresso no cinema, depois um jantar ou lanche ou cineminha e quando voltava para casa já tinha deixado na cidade em torno de R$ 200,00 ($40) ou mais.

Agora, meus gastos para curtir o melhor que a vida pode nos oferecer...Mergulhar, nadar, andar de barco, fazer yoga no convés, caminhar nas trilhas próximo às enseadas e descobrir uma praia quase vazia e muitas coisas lindas pelo caminho e nos destinos, estes custos eram zero!

O lanche eu levava na mochila junto com um suco ou ao voltar para o barco fazia uma única e boa refeição à bordo. Ao invés da vida sedentária na metrópole, vida saudável no mar.

Salve a Itália: Una pasta accompagnata da un vino e tutu è bellissimo.

Com a pandemia se agravando, o que todos perceberam é que o turismo interno passou a ser prioridade para aquelas pessoas que gostam de viajar, devido as fronteiras de outros países fechadas. Resta aos brasileiros procurar pelo turismo oferecido por aqui. O movimento pela procura de veleiros que levam turistas para fazer passeios pela região aumentou muito e, embora exista um ótima companhia que faz charters na região, passei a ser assediado para levar alguns turistas por lugares onde já havia navegado bastante.

Embora, neste momento, eu não pretendesse fazer estes charters, me preocupava abrir minha casa para pessoas que eu nunca havia visto, não pude evitar que alguns amigos que moram na cidade me intimassem a recebê-los à bordo.

Assim, acabei por receber alguns casais de amigos, poucos, esporadicamente, para navegar na deliciosa companhia deles pelas praias e ilhas de Paraty.

Quase sempre paramos no único fiorde brasileiro, o saco do Mamanguá para passarmos a noite, bem abrigados e curtindo uma noitada com alguns amigos que se diziam chefes de cozinha. No convés, após abrir um champagne para comemorar a presença de todos, descíamos para jantar. Ao terminar, todos, sem excessão voltavam para o convés e era a hora da piada, fofoca, tirada e muitos e muitos risos, até doer o queixo. Existe vida melhor que essa?

Como eu carregava duas pranchas de stand up no veleiro, as vezes íamos para a ilha da Cotia, no saco do fundão bem pertinho de Paraty Mirim, com suas águas quase como piscina, e aqueles que quisessem andar de stand up se deleitavam, outros preferiam fazer uma trilha até o outro lado da ilha e sair em uma praia deserta, para explorar um novo lugar.

Como cada vez mais amigos chegavam… 🤣🤣 Eu acabei por levá-los até a ilha do Cedro, com o fantástico visual da serra do mar, lugar bem abrigado e protegido dos ventos fortes, a estrutura náutica é maravilhosa e com fácil acesso para curtir alguns barzinhos no local.

E assim, fui fazendo passeios para os amigos e conhecidos, sem pressa, na velocidade dos ventos e apreciando tudo o que esta fantástica região possui.

Ao terminar cada final de semana ou feriado, sempre me pagavam as diárias, embora eu resistisse em aceitar, e ainda deixavam comidas e bebidas nos porões do barco. Assim fui ficando por mais seis meses.

Eu poderia ficar por aqui o restante de minha vida. Ir e vir entre Paraty e Ilhabela. Ja haviam se passados três anos e meio desde que comprei o **Elohim** e confesso que passou na mesma velocidade dos ventos que naveguei, mas eu precisava...Sentia que precisava seguir em frente e preparei minha viagem até Recife. Planejei navegar com ventos favoráveis e estava aguardando somente abrir uma janela de navegação, que me permitisse navegar a pelo menos 12 milhas náuticas por hora. Navegaria entre 6 as 17 horas todos os dias, caso não ocorresse nenhum imprevisto. Isso dará 11 horas de navegação diária x 12= 132 milhas náuticas por dia. Precisava navegar próximo de 1.300 mn totais, então minha estimativa seria chegar em Recife entre nove e onze dias. Dependendo do tempo e dos ventos.

Planejei parar para descansar a primeira noite próximo de Vitória, a segunda noite em Porto Seguro, a terceira noite em Salvador, a quarta noite em Maceió a quinta e sexta noite eu queria muito ancorar em Maragogi para relembrar o tempo em que velejei com outro barco por lá e onde eu descobri que isso é o que queria para minha vida, então, fazia muito sentido eu ficar pelo menos dois ou três dias velejando pela região e tirar o estresse das mais de 1000mn navegadas. O destino seguinte seria Recife, onde ficaria tempo suficiente para preparar o veleiro para travessia Oceânica.

Cruzei por Cabo Frio e aproei em direção à Vitória, capital do Espirito Santo com vento favorável e o veleiro deslizava rápido.
Já havia me acostumado com a inclinação do barco e aproveitei os ventos que me fizeram navegar com 13 nós em média. Quando percebi, já estava passando pelo Farol de São Thomé.
Como já passava das 14:30 horas, sol a pino, caso estivesse um pouco longe ainda de Vitória, quando fosse em torno das 16:30 horas, iria fundear em Guarapari para descansar e seguir viagem no dia seguinte.

Próximo das 17 horas eu estava entrando no canal onde esta instalada a Marina de Guarapari. Preferi ficar abrigado neste canal e ancorado na marina nova, recém construída.

Capitulo Dezesseis

A maior velejada em rota me aguardava

Recife, vou com tudo.

Uma carta náutica é muito importante para quem está navegando. Muitas vezes eu conferia com o GPS no barco para verificar se as coordenadas informadas no GPS batiam com as coordenadas da Carta Náutica, não só as coordenadas, como também as informações de bancos de areia etc. Às vezes podemos achar que estamos navegando em águas profundas e na verdade estamos navegando em águas rasas ou cheio de pedras, e a carta náutica traz todas as informações e de forma confiável.

Chegava a ser quase uma diversão conferir tudo e assim fui somando experiências. Eu tinha o GPS do celular, o Equipamento GPS no barco, a carta náutica e queria mais...Baixei um aplicativo confiável que dava coordenadas.

Eu já possuía boa experiência com o uso do GPS como piloto de avião, e no mar, numa pane elétrica por exemplo, somada a perda de sinal do celular, quem poderia resolver era a carta náutica.

Importante também, quando sair da marina para uma viagem como a que farei em seguida, é você informar para onde vai. Na aviação preenchíamos um plano de voo, na navegação através do mar, faça desta prática um hábito.Avise para onde vai. Em caso de emergência, só lhe resta chamar por socorro através do canal 16 do VHF, então, se habitue a informar na marina ou onde atracar, o seu roteiro para o próximo destino.

Aproveitei para revisar o extintor de CO2 e estava tudo ok.

Um dia antes da partida para Recife, verifiquei os aplicativos do tempo e dos ventos. Uso muito o The Weather Channel, Marés próximas, Windy e o UAV Forecast.

O Barômetro Indicava que havia uma formação vindo em minha direção e pude sentir. Indicava queda na pressão. O abafamento e a temperatura aumentando...Permaneci abrigado aguardando por uma melhor janela de tempo para iniciar minha viagem. Para que se arriscar podendo se manter protegido?

A depressão no tempo se apresentou e a pressão no Barômetro despencou...O calor ficou insuportável. Quando o evento meteorológico chegou, a pressão subiu muito rápido e a temperatura caiu 10 graus...Logo depois veio o temporal, forte e a pressão no Barômetro subindo e a temperatura caindo um pouco mais. Só depois de algum tempo é que amenizou um pouco e as rajadas de chuva e vento foram se acalmando. Havia recebido as cartas sinóticas e o boletim do tempo da Marinha, do centro de hidrografia da Marinha.

O aviso era de mar muito grosso. O aviso informava o seguinte:

AVISO ESPECIAL
EMITIDO ÀS 1200 - QUI - 22/ABR/2021
TEMPESTADE SUBTROPICAL "POTIRA" COM PRESSÃO CENTRAL
ESTIMADA DE 1008 HPA EM 25.5S036.8W, MOVENDO-SE PARA
SUDESTE/SUL COM VENTOS MÁXIMOS ESTIMADOS EM 47 NÓS
NO SETOR SUL DO CICLONE.
PREVISÃO: VENTOS CICLÔNICOS FORÇA 8/10 (34 A 55 NÓS) COM
RAJADAS NO RAIO DE 250MN AO REDOR DO CENTRO DO
SISTEMA E NA ÁREA BRAVO A LESTE DE 044W. MAR GROSSO/
MUITO GROSSO ASSOCIADO.

O aviso era bem claro de que um ciclone se aproximava e quanto ao mar que estava em condições ruins para navegação com ventos de 47 nós rajadas entre 34 e 55 nós naquela região. Assim que eu saísse para navegar em mar aberto, teria que enfrentar no caminho este sistema e isso era algo que eu não queria e nem estava preparado para enfrentar.

Esperei a noite chegar e fiquei aguardando por boletins meteorológicos mais amenos, para que eu pudesse finalmente sair no dia seguinte.

O dia seguinte amanheceu como se o dia anterior não existisse e não havia despencado os céus. Fiz os ajustes finais da rota e uma inspeção rotineira no **Elohim**. Havia aprendido na aviação de que a inspeção antes do voo nas aeronaves, necessária e era competência do Comandante podendo passar para o outro piloto fazer, mas a responsabilidade desta checagem cabia ao comandante do voo.

Inspecionei o leme, as luzes de navegação, o rádio VHS, os equipamentos que aferiam a pressão atmosférica, também fui fazer medições nos taques de água doce, do diesel, abri a tampa para verificar a bomba do porão, abri a tampa do motor e inspecionei o óleo, as mangueiras, os registros do motor, dos banheiros, da cozinha. Subi no convés e inspecionei o mastro de velas principal, as velas secundáias, a retranca, o moitão e o cadernal, as luzes de navegação...Velas abaixadas, liguei o motor, soltei a amarra e recolhi a âncora e a encaixei no devido lugar. Estava tudo pronto e parti.

Fui monitorando até contornar a Ilha Grande e com o vento a favor acusando no Anemômetro 14 nós, abri as velas e o barco atingiu a velocidade boa para a viagem. Aliviei um pouco as velas quando o Anemômetro marcou entre 20 e 21 nós de velocidade dos ventos. Pronto, à medida em que avançava passando pela Restinga da Marambaia, fui ganhando confiança e me acostumando com o veleiro ficando cada vez mais liso e navegando rápido.

Agora era deixar o vento nos levar e ficar atento ao rumo. Quando chegasse mais próximo do Rio de Janeiro, verificar os navios que ficam aguardando para entrar na Bahia da Guanabara para atracar no Porto do Rio de Janeiro.

Livrando este obstáculo, agora, só preciso ficar atento, a partir de então, com os obstáculos que a carta náutica informava, já próximo da bacia de Campos, onde além dos navios petroleiros, haviam poços de petróleo que estavam bem afastados do meu caminho e a rota dos navios estava também afastada de minha rota que era navegação costeira.

Quase escurecendo parei em 45 graus o barco no cais da marina de Guarapari e prendi as cordas de amarração .

Estava exausto…Mal acreditava que havia conseguido chegar até o primeiro ponto de apoio e descanso. A viagem até aqui foi ótima sem nenhum contra-tempo, mas a ansiedade, o medo e a pouca experiência de navegar por tantas horas e alguns milhas em mar aberto, me esgotaram.

Estava tenso, esgotado, mas feliz…Estas sensações juntas já havia experimentado algumas vezes na vida…Após saber que havia passado nas provas das escolas e vestibulares que havia feito…Após fazer meu primeiro voo solo…O Nascimento de um filho (a)…São esgotamentos físicos e mental, mas que trazem juntos muitas alegrias. Agora que havia desligado o motor do barco, aproveitei e sai para o cais e de pé, parado, olhava para os barcos ali ancorados e para a lua que estava cheia e refletia nas águas do mar formando um caminho que chegava até onde eu estava.

Curti por alguns instantes este delicioso momento e fui tomar um banho na Marina. Vesti minha roupa de gala (uma calça de jeans e uma camisa gola polo e um sapato bem esportivo) e fui até o restaurante jantar e tomar uma taça de vinho. Eu sei que não podia carregar o **Elohim** junto comigo para celebrar a vitória, mas o levei no pensamento e fiz o brinde em pensamento para ele.

Terminei o jantar e voltei para o barco. Repassei a rota do dia seguinte e fui dormir. Precisava descansar e amanhã acordar bem cedo para inspecionar na claridade do dia e verificar se estava tudo bem com o veleiro.

Terminara somente um trecho da viagem, o primeiro de alguns pela frente e nada poderia dar errado agora.

Consultei o boletim do tempo para as próximas horas e vi que os sistemas que traziam chuvas e tempestades estavam fora de nossa rota e os mesmos bons ventos estava mprevistos para o dia seguinte. Desliguei as luzes e dormi aproveitando o doce balanço do mar.

Capitulo Dezessete

Porto Seguro, lá vou eu meu Rei.

É para lá que eu vou

Assim como estava previsto, o dia amanheceu lindo, a cidade muito bonita e mereceria voltar aquele lugar e permanecer pelo menos por três meses, mas não será desta vez; quem sabe um dia eu retorne e faça isso.

Quando planejei comprar o veleiro, já aposentado, acreditei que meus dias seriam de marasmo completo, que o tédio bateria de frente e eu poderia me distrair olhando o mar...Que nada...Meus dias tem sido preenchidos com uma mistura de obrigações náuticas e um pulo na água para me deliciar com as cores cada dia diferente do mar. Nos momentos de calmaria, poder ler um pouco, na verdade este tempo ainda não me sobrou.

Não sei se para velejadores experientes sobra muito tempo, mas para mim, tem na verdade sobrado pouco. Quando chega a noite, independentemente de ter velejado mar adentro, eu quero é me jogar na cama e aproveitar o balanço leve do mar abrigado para que o sono apareça. Se o mar está batendo, durmo com molho fechado e outro nas redondezas do barco, vigiando se a âncora ou as amarras estão agarradas nos seus devidos lugares.

Já havia percebido que navegando em mar aberto ou ancorado e velejando esporadicamente pela costa, há muitas coisas por fazer no barco ou fora dele; quando vou com o bote para terra para caminhar ou conhecer novas paisagens, ou mesmo para comprar mantimentos, o dia parece que voa e olha que tenho pela frente dias de navegação até chegar em Recife.

Feito o checklist de praxe, segui pelo canal onde estava a Marina e que desemboca de forma suave no mar, aproei em direção à Porto Seguro.

Logo na saída os ventos estavam favoráveis. A melhor situação para o velejador se dá quando o vento incide lateralmente, de forma constante. Neste caso, a vela é colocada próxima de 45 graus em relação ao vento. A força dele, em parte, vence a resistência hidrodinâmica sobre o casco e, em parte, propulsiona o barco para a frente. Nesse caso, a propulsão será constante, uma vez que o ângulo de incidência do vento não se altera em relação ao movimento do barco.

Abri as velas até atingir a velocidade entre 18 e 22 nós. O barco inclinou um pouco mais do que de costume até então e o vento foi empurrando o veleiro até o rumo desejado.

O barco continuou a navegar liso e rápido, e começava, para mim, ficar divertido sentir a inclinação do barco; o medo dera lugar novamente ao conhecimento. Passando em frente ao Parque Nacional Marinho dos Abrolhos, entrou rajadas um pouco mais fortes de ventos e fez com que a velocidade aumentasse para 25 nós.

O veleiro deslizava como um torpedo e eu com um pouco de medo...O barco me entregava o que podia e eu freava os meus desejos de voar mais rápido...Precisava vencer este desafio.

Após navegar assim por mais doze milhas náuticas, já me acostumara com a inclinação, a velocidade do barco mais acentuada, e também com as velas, como manusear de forma mais adequada as velas cheias. Permaneci nesta toada até a chegada à Troncoso.

Impressionante como à cada velejada, parece que tudo fica mais fácil e mais divertido. Fiz a entrada próxima do Farol dos Corais, que é um Farol de identificação e posicionamento da ponta dos Corais.
Contornei o farol em direção à Marina Porto Vitória, onde havia reservado um lugar para parar o **Elohim** e eu fui tomar um banho de água doce. Para comemorar este novo trecho percorrido, agora em Águas Baianas, local muito importante para todos nós brasileiros, o que fiz foi ir até o deck do Pantera apreciar o por do sol, tomando uma caipifruta deliciosa com alguns camarões onde só lá, neste ambiente acolhedor você pode encontrar.

Após anoitecer, retornei ao veleiro. Novamente verifiquei as condições do tempo amanhã, direção dos ventos, carta náutica, chequei as mensagens e estava tudo bem.

Estava um pouco agitado e ainda sem sono. Precisava tirar a velejada do corpo. Peguei uma cadeirinha de deck e permaneci por lá apreciando a lua cheia que ainda dava as caras e a leve brisa que vinha do mar e entrava pelo canal.

A vontade que eu tinha era de poder abraçar o veleiro, caso tivesse braços bem largos.

Pensei por alguns instantes que havia tempos que eu não me sentia tão feliz e em paz. Talvez Cristóvão Colombo devesse ter sentido isso quase todos as vezes quando fundeava sua caravela, mas para mim, que estava deixando de ser um manicaca marítimo e agora possuía um pouco mais de experiência em navegação, era uma realização quase indescritível.

Eu fui sempre fui detalhista e perfeccionista e, muitas vezes, fora criticado por ser assim. Acredito que isso tenha me ajudado um pouco nesta nova empreitada.

Mas agora era hora de relaxar e aproveitar o momento. As preocupações e as minúcias, deixo para amanhã.

Capitulo Dezoito
Próximo destino Aracajú
Salvador fica para a volta.

Eu havia planejado uma parada em Salvador, mas como o tempo estava perfeito para velejar e eu queria muito aproveitar os ventos que estavam atingindo próximo de 25 nós, com segurança, optei por fazer o próximo trecho até Aracajú.

Caso houvesse alguma alteração brusca no tempo, eu pararia em Salvador, seria a minha parada alternativa.

Fiz as checagens de praxe no barco e ví que estava tudo em ordem. O barco e o tempo estavam esperando que eu fizesse a próxima navegação. Fiz o abastecimento completo de Diesel e também de água no reservatório. Com as amarras soltas, motor ligado e a navegação foi tranquila até o encontro com o mar.
Naveguei ainda por algumas milhas náuticas motorando até próximo da ilha de Comandatuba, ai, novamente entrou forte o vento que me empurrou para frente...Abri as velas e o barco quase de imediato alcançou os 8 nós de velocidade do deslocamento. 17 nós me empurrando para frente. Vela pouco recolhida e lá vamos nós, aproveitar o vento lateral maral que soprava paralelamente à costa.

Passadas algumas milhas, navegando um pouco mais afastado do litoral, as águas desta vez foram ficando mais agitadas e a navegação um pouco chata, com marolas batendo no casco à todo instante.

Paciência, vamos navegando como o mar um pouco grosso. Assim foi até próximo da Praia do Forte, depois de ter livrado a entrada da Baia de Todos Os Santos que dá acesso à Salvador.

Próximo da Barra do Tiriri, de tanto sacudir devido o mar mexido, pensei em parar para descansar e não forçar o veleiro. Talvez fosse interessante fazer uma boa revisão dele na água, apoitado, para verificar se o mar agitado não abalou um pouco o barco.

Como faltavam pouco mais 20 milhas para chegar em Aracajú e ainda eram 14hs, vendo que o mar estava mais calmo, optei por seguir em frente. O que me fez seguir em frente, na verdade, fora pensar: E se estivesse em alto mar, travessia oceânica, após navegar por muitas milhas com o mar batendo, eu teria que seguir em frente, a não ser que precisasse parar por alguns instantes para checar algum problema e resolver por ali mesmo.

Como o barco estava deslizando bem, tudo estava funcionando normalmente e havia no boletim do tempo a previsão de que próximo à Salvador, haveria a possibilidade de alguma mudança devido aos ventos um pouco mais forte, possibilidade de formação de pequenos temporais, algo que não aconteceu, e nas previsões mostrava, também, que passando por Salvador, a previsão era de melhora no tempo com mar mais calmo. Decidi seguir em frente.

Entre Mangue Seco e Atalaia, o mar voltou a ficar liso, quase como um lago. Já era próximo das 16:30 horas e significava que ou eu encontrava um local abrigado para parar e descansar ou chegaria em Aracajú anoitecendo, ou já noite,.

Eu possuía pouca experiência de chegar e atracar após anoitecer, mas, ao mesmo tempo, eu estava chegando em uma capital, e deve estar muito bem sinalizado com bóias o caminho à seguir até o meu destino e também as cartas Náuticas me indicariam o caminho.

Já que eu ia chegar de noite, acendi as luzes de navegação, passei o rádio para a Marina para refazer meu horário de chegada e reduzi a velocidade do veleiro. Peguei a carta náutica e conferi com o GPS do barco e com o meu GPS do Smartphone. Tudo em ordem.

Minhas coordenadas indicavam que eu entraria pelo Rio Sergipe até o Iate Clube de Aracajú. Verifiquei o caminho passando ao lado dos bancos de areia da entrada do Rio Sergipe, suas profundidades estavam bem marcadas na carta de Navegação e sinalizadas; não seria nenhum problema transitar pelo local.

Na aproximação, vi que estavam bem sinalizadas as bóias de aviso e passei tranquilamente. A correnteza me facilitou a entrada no Rio, já que a maré estava me favorecendo a entrada no canal e naveguei até chegar ao píer da Marina. Pelo rádio me deram a localização para parar o barco e deixar ancorado no cais.

Este dia tinha sido o dia mais tenso em boa parte da navegação com mar agitado, estava esgotado. Havia experimentado uma nova experiência navegando em mar um pouco mais bravo, tirando o estresse da viagem e o corpo um pouco mais dolorido pela atenção redobrada, eu estava bem.

Achei por bem, amanhã, ao acordar, ao invés de seguir viagem, no trecho até Maragogí, já que era um pouco mais curto, perto dos trechos que fiz até agora, decidi ao acordar revisar todo o barco, fazer um checklist mais completo, olhando os registros de entrada de água, as conexões, o Leme, o motor, a Quilha, precisava verificar tudo, inclusive as velas e tudo que foi um pouco mais forçado neste trecho de mar agitado.

Vou pedir para um mergulhador verificar todo o fundo do barco e aproveitar para fazer a limpeza. Chegando no final da viagem em Recife, vou mandar colocar o veleiro no seco para inspecionar tudo, mas agora, penso em fazer uma pequena vistoria com o barco na água.

A estrutura do Iate Clube não era tão perfeita por conta do espaço em si, mas era um local agradável. Novamente depois do banho, como o calor estava insuportável, tomei novamente uma caipifruta e belisquei algo para comer. Para tirar a viagem do corpo, fiquei um pouco mais no local e pedi uma cerveja bem gelada. Desceu redondo como um veleiro liso e sem cracas.

Fiquei pensando que precisamos ver o mundo como ele é e não como o imaginamos. Era muito importante para a nossa vida, vivermos de fato o que sonhamos e não ficar somente no campo da imaginação. Na maioria das vezes, vivenciar é muito diferente do que imaginamos e só experimentando para saber o que é bom ou ruim. Até aqui, foi só alegria.

Voltei para o barco e desta vez desci para revisar o trajeto de amanhã, consultei a carta náutica, boletim meteorológico e fui dormir.

Amanhã tinha muito por fazer antes de zarpar.

Capitulo Dezenove

Maragogi é logo ali

O Caribe brasileiro me aguarda

As janelas do tempo em toda a minha rota se abriram para me dar a chance de saborear toda a navegação. Naveguei com mar calmo com poucos sobressaltos ou contra-tempos.

Eu estava feliz por fazer esta velejada até o Nordeste. É como se **Elohim** tivesse planejado sozinho a nossa viagem costeando de Ilhabela até Recife.

Aquela manhã foi tirada para revisar o barco, mais por meu perfil de ¨precavido até os dentes¨, do que por algum problema real que se apresentou até agora. O veleiro se comportou com um homem educado quando foi necessário e um desbravador quando a coisa esquentou e, até o momento, foi somente no trecho onde cruzei com Salvador à Oeste que as coisas esquentaram um pouco, mas assim que nos afastamos para mar aberto, tudo voltou ao normal. Percebi neste momento, de que, quando o tempo vira, as vezes, é melhor se mandar para mar aberto do que ficar próximo do litoral. Começava a aprender um pouco mais sobre navegação.

A revisão do barco transcorreu melhor do que eu esperava e próximo das 10 horas eu já tinha o veredito do mergulhador de que tudo estava em ordem. Nas dependências internas do barco, tudo estava perfeito também e eu havia inspecionado tudo. Só restava zarpar de novo e assim fizemos.

A navegação correu normal até chegar próximo de São Miguel dos Campos. Como o mar estava calmo e com poucos ventos, mesmo motorando e com as velas soltas, não desenvolvemos mais do que 8 nós.

Chegando em São Miguel, a vontade foi de ancorar próximo da praia do Gunga e me deliciar com as maravilhas da região. Os coqueiros que deviam ter centenas deles na beira da praia e ao redor, indicavam que eu estava mesmo em Alagoas.

Velejamos em frente até que o vento favorável nos alcançou próximo de Marechal Deodoro. Alcançamos com as velas à pleno os 25 nós e pudemos cruzar pelo Porto de Maceió e a Ponta Verde com velocidade suficiente para nos afastar do farol de Pajuçara e das piscinas naturais em frente ao mesmo local. Pude sentir a brisa que vinha de Ponta Verde acariciando o meu rosto.

Quando percebi, já estava navegando próximo de Paripueira, chegando bem próximo da Barra de Santo Antonio. Aproei a rota direto para Porto da Pedras e relaxei finalmente...O vento estava nos levando direto para a direção de Maragogi. Chegaria ao cair da tarde.

Minha opção de ancoragem desta vez foi jogar a âncora em frente ao Hotel Salinas de Maragogi. Águas calmas e como pretendia ficar ancorado neste local por somente dois dias, iria apreciar os pequenos barcos que atravessam do Hotel até as Piscinas naturais de Maragogi.

Veleiro abastecido desde Aracajú, todo inspecionado, cozinha reabastecida, só queria mesmo mergulhar no local e pegar o bote e motorar até as piscinas e se desse vontade, navegar um pouco mais à frente e ancorar próximo do centrinho da cidade, onde tem feiras artesanais e bons restaurantes.

Mas o que pretendia mesmo era curtir o veleiro e aproveitar para mergulhar nas águas cristalinas e que entravam rasas mar adentro. Precisava me aperfeiçoar no mergulho e era importante para mim, porque seria um gasto a menos com mergulhadores para inspeção e trabalho embaixo do meu barco.

Um pouco sobre Maragogi-AL

Maragogi, nome de origem indígena e que significa ¨Flor de Maracujá¨, é um município do litoral norte Alagoano em plena Costa dos Corais e está localizado distante 125kms da capital Maceió.

O turismo predomina na região e o principal atrativo são as idas até as Galés, que são as piscinas naturais da região.

Existem outros passeios e diversões na cidade. Para aqueles que gostam de aventura, tem os passeios de Buggy, mas forte são asGalés

A cidade possui próximo de 40.000 habitantes e o turismo é a principal receita para os comerciantes locais.

Existem muitos hotéis e Resorts na região e os turistas em sua maioria, vem de Alagoas, Pernambuco, Sergipe e da região Sul e Sudeste do nosso país.

Os dois dias que se seguiram antes de eu zarpar para o destino final da viagem foram de ócio, mas do bom ócio...Todas as manhãs, acordava em torno das 5 horas, mergulhava nas águas transparentes e aproveitava para descer quase dois metros de profundidade, para ver a situação da âncora, se estava bem unhada na areia. Subia, tomava um fôlego e voltava a mergulhar, agora para olhar o hélice, o eixo do hélice e se havia novos cracas no casco. Terminada esta gostosa tarefa, se desse vontade, ficava um pouco mais na água, que mais parecia uma piscina.

Quando enjoava de ficar na água, subia pelo poupa na pequena escada que dava para a área de comando e permanecia alguns minutos contemplando a vastidão do mar azul.

Após essas "terríveis tarefas", descia para tomar uma ducha fria e ia para a cozinha aprontar um bom café da manhã, que seria a primeira de duas refeições do dia.

Assim passei os meus dois dias em Maragogi.

No último dia, revisei a rota até Recife e vi que próximo da praia de Muro Alto, já no Município de Ipojuca, tem o Porto de Suape e havia uma informação conflitante...Uns diziam que o Porto estava quase paralisado e sem movimento, outros informavam que havia movimento de navios normalmente. Preferi fazer o que a carta Náutica mandava, assim como os avisos, me afastando um pouco mar adentro e ligado no rádio VHF e ao redor.

Um barco vindo contra é muito rápido, e um Navio mais rápido ainda, além do que existem os arrecifes que estão marcados na carta náutica. Como não irei ancorar no Porto artificial, bem balizado, protegido por um molhe, naveguei tranquilamente; me faltavam agora as últimas 30mn até Recife.

O vento parou de vez e recolhi o restante das velas, liguei o motor e navegamos até Recife assim.

Havia ganho de presente de amigos que moram e vivem em Recife e região, sócios do Cabana, algumas diárias para ancorar no Iate Clube. O barco estaria muito bem abrigado enquanto eu permanecesse os dois meses conforme havia planejado.

Entrei pelo estreito que dá acesso ao Cabanga e ancorei no local determinado. Terminava ali a minha viagem com o veleiro até o

Nordeste. Se Deus permitisse, depois de dois meses eu partiria dali para a Europa. Havia decidido após alguns dias de leituras e novas informações, que seria mais adequado eu ir costeando pelo litoral Norte até o Caribe e dali, Estados Unidos, as ilhas Bermudas, os Açores, até chegar em Lisboa, no país português.

Na volta sim, se partisse da Grécia, faria outra rota até sair em Fernando de Noronha e depois Natal no Rio Grande do Norte.

Bom isso fica para depois, agora, quero encontrar com os amigos, que devem vir me visitar amanhã. Vamos sair no barco deles para que me apresentem a orla nordestina. Sei que tem fantásticas paisagens por aqui, começando por Olinda e as praias para o sul, passando por Porto de Galinhas até a divisa com o estado de Alagoas e ao norte muitas praias até a divisa com o estado da Paraíba.

A vocação do Recife para a vela

O Iate Clube Cabanga fazia jus as suas tradições, era um lugar maravilhoso e com ótimo espaço para eventos. Boa opção para o lazer com belas piscinas e ambientes para churrasco. Os restaurantes, Aristocráticos, reservados aos amantes do iatismo e seus familiares.

O ancoradouro para as embarcações era de primeiro mundo e nada devia aos demais ancoradouros de Iates Clubes de outras capitais.
A vista para o mar era o forte quando se está nas suas instalações, dos restaurantes ou da área de lazer.

Minha permanência por ali deveria ser no máximo de seis meses ou até que eu fizesse uma boa manutenção no **Elohim** para deixá-lo pronto para a travessia oceânica e, pudesse, também, aproveitar os meus 180 dias neste paraíso. Dizem que Recife é a capital do nordeste e eu endosso.

A cidade nada devia às demais grandes capitais. Era um pouco parecida com a cidade do Rio de Janeiro em alguns aspectos, pois se misturavam o luxo e as comunidades e, em alguns bairros, parecia estar em São Paulo, capital. Os belos edifícios erguidos tanto na orla quando nas cercanias; as ruas arborizadas, o comércio charmoso, disponível não só no bairro de Boa Viagem, como também em outros bairros como Torre, Casa Amarela, Piedade.

Candeias, um pouco mais ao sul de Recife, é um complexo coqueiral onde construíram várias torres de alto padrão, formando muitos condomínios fechados e onde o preço de um apartamento nada deve em padrão ou luxo para um de capitais do Sul e Sudeste e também do Centro-Oeste.

O bairro do Pina, que outrora era um tanto duvidosa a segurança e ocupação, hoje em dia, a infra-estrutura do bairro, seus edifícios, comércio nada deve ao bairro de Boa Viagem que está coladinho nele e as vezes acaba confundindo o mal avisado que não sabe se está no Pina ou na praia de Boa Viagem.

Depois vem os bairros nas cercanias, como Afogados, Espinheiro, Madalena que é um charme, Boa Vista, Graças e não dá para esquecer a Ilha do Leite onde hospitais e consultórios de primeira linha lá estão instalados. No grande Recife, na cidade de Camaragibe, subindo a Estrada de Aldeia, surgem muitos bons condomínios. Lá, pelo menos até hoje, foi preservada a mata Atlântica e onde o arbusto Cambará está presente e que deu origem ao nome do município.

Recife foi muito bem planejada como capital do Pernambuco, e se houve uma explosão de moradias e a infra-estrutura não acompanhou, serviu de palanque para fins políticos; assim como outras capitais, há uma fatura quase impossível de ser paga por todos que ali residem. Os residentes fazem o possível para cumprir o papel que todos sabem, deveria ser feito pelos gestores municipais.

Nada que uma boa vontade política, um planejamento bem feito e ajuda federal não resolva. Três coisas que parecem simples, mas que no Brasil se tornam um sofrimento eterno. A cidade elegeu recentemente João Campos, 27 anos, eleito como o Prefeito mais jovem de Recife e filho do finado Governador Eduardo Campos. O jovem tem a excelente chance em sua vida politica, para fazer de Recife, em sua gestão, um exemplo à ser seguido por outros Prefeitos e, a partir de então, seguir até onde sua ambição política assim quiser.

Nas divisas da cidade, ao norte, tem a histórica Olinda. Algum navegador ao ver aquele lugar pela primeira vez deve ter exclamado...Oh linda! Ao sul, Recife faz divisa com Jaboatão dos Guararapes. Município pujante que agrega muitas industrias e sua área é enorme, hoje se confundindo um pouco se estamos em Jaboatão ou Recife, tamanha imensidão.

A capital nasceu na verdade em Olinda. Duarte Coelho em 1535 recebeu da Coroa Portuguesa o lugar e nascia assim a primeira capital de Pernambuco. Somente em 1537 é que Duarte Coelho fundou a cidade de Recife, que foi colocado este nome devido aos "Arrecifes", grande barreira rochosa de arenito que se estendem por toda a sua costa formando piscinas naturais.

Tubarões nas praias de Recife

Há a crença de que tubarões atacam alvos recorrentes (banhistas) nas piscinas naturais em frente à orla de Recife, na verdade, em locais mais afastados da capital e pesquisadores acreditam que estes ataques são devido a existência do porto e que estes animais costumam seguir as grandes embarcações.

Pelo sim, pelo não, não vou fazer   parte da estatística destes acidentes. Passados alguns dias de turismo pela cidade, foi chegando o momento de tirar o veleiro d'água e lá mesmo, onde estava abrigado, após a secagem do casco que durou alguns dias, fui fazer a inspeção.

Novas cracas haviam se instalado no casco e no hélice e em outras partes. Inspecionei os ralos e os captadores de água, tudo estava perfeito.

Após inspecionar todo o barco, vi que pouca coisa tinha para fazer e que em dois dias eu conseguiria terminar tudo. Precisei trocar a luz vermelha de Bombordo e aproveitei para trocar a luz verde de Boreste e também a luz de alcançado na popa. Estas luzes de navegação são muito importantes para o barco ser avistado em alto mar.

Eu já estava amadurecendo a idéia de instalar um aparelho ultrassônico na parte de dentro do porão próximo da bomba de água do porão e outro abaixo de minha cama, na parte de baixo onde fica o casco da proa.Estas cracas recorrente me convenceram de que seria o melhor à fazer.

Havia ouvido muito bem sobre esse equipamento, que poderia evitar que mais cracas grudassem no casco e, na travessia oceânica, muitos outros pequenos caramujos e outros pequenos animais grudam no casco, no hélice e também no eixo do hélice. Como os ralos dos captadores de água estavam íntegros e toda a sujeira havia sido removida sem tirar a ultima camada de tinta, após instalado este equipamento a chance de navegarmos com boa velocidade e ainda chegar no final da travessia era muito boa.

A proteção contra cracas é feita por um escudo de ondas de ultrassom que afasta as larvas de craca do barco incluindo o casco, hélice, leme, quilha, rabeta e grelhas de água. Basta instalar os emissores de ultrassom na parte interna do barco, ligar na energia e ele funcionará por muitos anos sem problemas. Eureka, amo a evolução tecnológica.

Comprei também dois tanques reservatórios, um para óleo Diesel e outro para água mineral. Estes dois itens não poderiam faltar e quanto mais eu pudesse dispor no barco, melhor. Eu não poderia prever toda a navegação na rota. O tempo em alto mar muda de um instante para outro, ou poderia ficar sem vento por dias, e navegando como motor ligado, com certeza, poderá faltar combustível.

Quando comprei o veleiro, ele já possuía um piloto automático, mas primário e agora instalamos um NAC-3. Navegar fazendo travessia oceânica com um piloto automático ajuda muito, mas a cereja do bolo, na verdade não era este equipamento...Era este...

Leme de Vento

Este sistema de leme automático, da Engenharia Sueca, era ao mesmo tempo elegante e simples e o melhor...Não consumia um watts sequer de eletricidade.

É um servo-pêndulo. É o princípio mais amplamente comprovado para um leme de vento. Este princípio oferece um grande equilíbrio entre resistência e sensibilidade.

O leme de vento é um sistema de direção rápido e eficiente. O sistema servo-pêndulo consiste de uma [palheta-sensor] que transmite a mudança na direção do vento para o leme. Isso se move lateralmente na recepção do sinal. O leme de vento é preso ao leme do barco pelas linhas que movem o leme ou a roda que dirige o barco a vela.

Eu havia lido bastante sobre este sistema bem simples, mas que já havia aliviado e muito a navegação numa travessia oceânica.

No livro **Mar sem Fim** do Velejador **Amyr Klink**, um equipamento como este, salvou, seu famoso Veleiro Paratii e a ele, de um trágico acidente onde o seu barco iria se colidir frontalmente e em velocidade com um Iceberg gigante, quando fazia a desafiadora rota 360 graus ao redor da Antártica.

Após dias sem dormir, depois de navegar por mar extremante agitado, muito cansado, caiu no sono, e os alarmes que deveriam disparar, ou falharam ou não foram armados; quando acordou, olhou pela janela da poupa e viu que acabara de passar pelo meio de um paredão gigante de gelo.

Após se dar conta de que o imenso iceberg não tinha um meio para passar e teria que ser contornado, estando o piloto automático elétrico desligado e somente o leme de vento ativo, comprovou que fora o leme de vento que, devido à variação dos ventos nas proximidades do iceberg, fez com que o leme acompanhasse a mudança destes e contornasse o monstro branco que acabara de ficar para trás.

Para mim que já era fã deste equipamento, aproveitei a manutenção com o barco no seco e mandei instalar o leme de vento.

Barco revisado, ultrassom instalado no casco do barco, novo piloto automático, leme de vento agora fazendo parte dos equipamentos de condução, o que fiz foi navegar entre Recife e Natal, sem deixar de parar em Pipa para curtir aquele Oásis turístico e no outro rumo, Recife e Tamandaré, parando em Porto de Galinhas e esticando algumas milhas ao sul até Maragogi. A navegação foi perfeita e tudo o que instalei funcionava perfeitamente.

Estava tudo pronto para a travessia e voltando para Recife, fiz os últimos ajustes que demoraram dois dias, suficientes para abrir a janela de tempo que eu precisava para fazer a travessia.

Agora, seria o momento da verdade, iria transformar o desejo e o sonho em realidade. Confiei em Deus, confiei em **Elohim.**

Capitulo Vinte

¨Quando não temos mais medo da despedida, é porque já fomos embora com o corpo presente¨

Navegar é preciso, seguir adiante também.

Zarpamos, eu e o **Elohim** numa linda manhã pernambucana e à medida em que fui me afastando em direção à Fortaleza, me virava de vez em quando para contemplar Recife e Olinda. Cidades maravilhosas e onde queridos amigos me receberam tão calorosamente, ratificando as tradições nordestinas.

Fui passando Marinha Farinha, a ilha de Itamaracá, Pitimbú, passamos em frente a minha querida João Pessoa e continuamos seguindo em direção à Natal.

Naveguei durante toda a noite costeando Natal e depois mudando a rota para Fortaleza, costeando Touros, Canoa Quebrada, até finalmente parar em Fortaleza para reabastecer de Diesel e Água.
Em seguida, segui adiante até São Luiz no Maranhão. O trecho todo entre Recife até Cabo Verde, deveria durar próximo de uma semana de navegação. Depois de Cabo Verde, seguiria até Lisboa, tendo como alternativa uma parada de alguns dias em Funchal, já em território Português.

Saindo de São Luiz com destino à Paramaribo, já no Suriname, novamente para fazer uma parada estratégica antes de seguir para o Caribe, próximo de Caiena nas Guianas Francesas, o mar mudou e pela primeira vez deu para sentir verdadeiramente o mar engrossando.

Eu ainda, até então, estava habituado às águas de Ilhabela, Paraty e Recife. Comecei a temer as alturas das ondas. Com a proa descendo vigorosamente as ondas que deviam passar dos oito metros de altura, olhava para a popa para enxergar os paredões de água e ficava vigiando as alturas.

Muitas destas ondas arrebentavam próximo da popa do veleiro e dava para ver as espumas brancas das arrebentações. As vagas suaves estavam se transformando e eu já não sabia se estava navegando em direção ao norte, a boreste ou mesmo à leste do rumo correto. Conferia na bússola e no GPS e o barco se mantinha na rota.

Algumas vezes o som do hélice, quando pegava velocidade do turbilhão de água que passava sobre ele, nas descida do tobogã, fazia um zunido diferente, como uma rotação em falso mas gritando bastante. Confesso que senti medo, mas meu destino estava longe, muito longe e este mar bastante agitado não era de fato o alto mar que eu iria enfrentar.

Talvez **Elohim** estivesse testando minha fibra junto com a dele, para ver se era digno de levar o seu nome no barco. Espero que possamos aguentar firme e atravessar esta montanha russa de águas.

Algumas vezes, batia vento de través e o barco seguia em zigue-zague e ao invés de a proa rasgar a onda, o barco ameaçava tombar para o lado, mas corrigia em seguida. Santa Quilha.

A navegação seguiu assim noite adentro e só foi acalmar o mar quando chegamos próximo de Georgetown, já era quase meio dia e paramos na marina, Era preciso dar entrada no país. Necessário apresentar a documentação e registro do barco e o meu passaporte.

Feito as burocracias de praxe, o veleiro foi reabastecido com Diesel e Água mineral e seguimos em frente, subindo sempre em direção à Barbados, ilha do Caribe e acredito que o ponto mais próximo para a a travessia oceânica até o destino final deste trecho: Lisboa.

Ficaria abrigado com o barco nesta ilha, fazendo última inspeção até entrar mar adentro e finalmente fazer a travessia oceânica até Cabo Verde.

Levaria entre 7 a 8 dias de navegação e teria que aguardar uma boa janela de tempo. Minha vinda até o Caribe foi bem planejada até então, queria evitar a época dos furacões que assolam a região.

Não gostaria de pegar um de frente neste momento, aliás, nem de frente, de lado ou de través ou de costas.

Reabasteci rapidamente o barco e rumamos para Bridgetown, capital de Barbados. São 388 milhas à noroeste de nossa posição. Com os ventos vindos desta direção, navegaria próximo de 8 nós por hora. Velejando direto, dormindo meia hora à cada hora navegada, isso se as condições do tempo se mantivessem boas para navegação e em dois dias estarei em Barbados, já me acostumando a este ritmo de navegação e a dormir 30 minutos a   cada hora. Precisarei me habituar a este ritmo para poder fazer a travessia oceânica em solitário.

Será também uma ótima maneira de testar o leme de vento instalado em Recife. Se ele funcionar como eu espero, esta próxima rota será tranquila e é apenas uma questão de me habituar a navegar direto sem precisar parar.

Na primeira hora de sono, não conseguia descansar e muito menos dormir. Na pequena estante próxima da mesa de navegação, cai na besteira de ler algum livro, e para variar, sobre viagens em alto mar, mas acabei por pegar um livro que conta as tragédias de barcos que se aventuraram nas travessias oceânicas.

Com tantos outros livros de desbravadores Noruegueses em altas latitudes, fui pegar um que contava histórias de barcos que naufragaram durante tempestades em suas rotas. Pessoas que caíram no mar agitado, com foi o caso da modelo Caroline Bittencourt, de 37 anos, que morreu após cair de uma lancha durante um vendaval em Ilhabela, no litoral de São Paulo. Seu corpo estava desaparecido e foi encontrado na praia de Cigarras, em São Sebastião.

Bittencourt estava com o marido quando uma tempestade, com ventos de mais de 120 quilômetros por hora, atingiu a região de Ilhabela. Havia sido um evento raro na região e que acabou por afundar a lancha do casal. Seu marido acabou sendo salvo por um marinheiro.O livro continuou descrevendo outros acidentes como no caso da atriz Naya Rivera que saiu para passear de lancha com o seu filho e quando estavam brincando na água, ela afundou e se afogou e seu filho de 4 anos dormindo sozinho no barco à deriva. Esta fora a explicação do xerife do Condado de Ventura, nos Estados Unidos.

Estas tragédias eu não tinha a menor intenção de lê-las e nem estava navegando por águas próximas das tragédias mencionadas no livro. Subi no convés e fui revisar cabos, velas e verificar se tudo estava em ordem com o leme de vento. Conferi a rota no Garmim e vi que o leme de vento estava direcionando o barco para o rumo correto.

Que maravilha esta engenhoca...Simples e confiável. Não consegui achar quem foi o inventor dele, mas para quem navega, principalmente fazendo travessias oceânicas, o equipamento é tão confiável quanto um piloto automático e o que é ainda melhor...Não gasta uma gota de energia.

Capitulo Vinte e um

A chegada em Barbados e a mudança de rota

O Caribe é lindo, mas seus furacões terríveis

Dois dias se passaram e após noites mal dormidas, tentando me adaptar ao novo ritmo de sono x sonambulismo...Dorme e acorda a cada hora, tinha horas que não sabia ao certo, se quando subi ao convés era real ou sonho.

Ao chegar em Barbados, nova ida ao posto de entrada para navegantes estrangeiros, apresentação de documentos, recolher a taxa de permanência no pais. Voltei para o barco e recebi um aviso do Centro de prevenção de Furacões. Havia um furacão se formando e que poderia rumar para alto-mar e ainda a previsão das depressões que viriam em meu rastro quando estivesse fazendo a travessia oceânica daqui poucos dias.

A previsão do sistema, sua velocidade, previsões de altura, direção e intensidade de ondas, de ventos, correntes, pressão barométrica, rota estimada do furacão, decidi alterar meu rumo em direção à Flórida, nos Estados Unidos, escapando relativamente abrigado do furacão que estava se formando próximo de Aruba com estimativa de tomar o rumo até onde eu estava.

Foi o tempo de reabastecer o barco de diesel, água mineral e repor mantimentos com estoque para 60 dias e zarpar para Miami. Seriam mais 1.390 milhas náuticas, costeando Santa Lúcia, Martinica,

Antigua e Barbuda, passaria ao largo da República Dominicana e velejando sempre à noroeste até aportar em Miami.

Que tentação, parar por alguns meses ou anos nesta região...O mar azul de Alagoas tinha em seus tons de mar, um pouco mais verde misturado com as cores azuis e no Caribe, maré baixa era cor de piscina e maré alta era cor de azul do céu...Nada mal se precisasse ficar por aqui por alguns anos.

Parece que **Elohim**, em sintonia com Deus, e eu acho que é ele próprio a divindade maior, ouviu os meus desejos e me atendeu.

Os Estados Unidos haviam acabado de fechar suas fronteiras, devido ao alto nível de infecção e transmissão descontrolada do Covid-19, para alguns países e não eram poucos, e o Brasil era um deles... Estava impossibilitado de seguir viagem e preso até que os EUA reabrisse as suas fronteiras.

Mesmo no Caribe, algumas ilhas estavam restringindo a permanência de estrangeiros devido à pandemia e algumas autorizavam a permanência para somente 6 semanas, era o caso de Santa Lúcia onde já estava chegando nas proximidades da ilha.

Recebi auxílio de navegadores através do rádio no barco, indicando que eu fundeasse o veleiro em Martinica, que estava apenas 37 milhas ao norte. Santos franceses, que me salvaram a pele, pois lá poderia permanecer por até seis meses com autorização de permanência, tanto para o barco quanto para mim.

Novo boletim: O Centro Nacional de Furacões afirmou que a onda tropical estava produzindo ventos com velocidade de 64 a 72 quilômetros por hora. Se o fenômeno se intensificar, poderá ser "atualizado" para tempestade tropical.

A tempestade está viajando por todo o centro do Caribe e já matou pelo menos seis pessoas na República Dominicana, quando linhas de energia caíram em um ônibus cheio de frequentadores da praia, na parte nordeste do país. Outros três corpos foram encontrados no mar nas proximidades, depois que um barco de passeio virou. Até o momento, o acidente é atribuído à tempestade, o que ainda não foi confirmado.

Entramos em Port-de-France. Chegamos no momento exato. Encontrei um local bem abrigado em frente a escola de velas Morne Cabri. A pequena baia abrigada do mar e próximo ao aeroporto da cidade e a escola de velas permitiu que eu amarrasse o barco no ancoradouro e assim fizemos.
Coloquei todas as amarras possíveis e fui fazer uma inspeção geral no veleiro.

O leme de vento trabalhou tanto por horas e dias seguidos que uma das roldanas de desvio saltou. Eu não havia percebido porque estava utilizando já fazia alguns dias o piloto automático, afim de que se ficasse sem uso, quando eu fosse utilizá-lo, estivesse perfeito.

Como eu tinha algumas peças sobressalentes, mania de guardar tudo que poderia usar no futuro, a mania acabou me salvando nestas horas. Desci até o porão para explorar a minha caixa de tralhas e utilíssimas tranqueiras. Lá estava, uma roldana nova em folha que havia comprado por prevenção e que se tornou uma compra acertada.

Bem no momento em que estava desapertando um pouco a presilha que regula a folga onde a roldana fica, caiu um temporal e eu pendurado na popa para realizar esta tarefa que não era das mais fáceis.

Como a peça anterior havia saltado, depois de uma hora e pouco de trabalho no conjunto do leme de vento, consegui colocar a roldana nova, fazer o aperto necessário até o ponto em que o leme de vento flutuasse e se permitisse deslizar conforme o rumo que o vento manda.

Entrei no barco e estava tão ensopado que fui direto tomar um banho e nem percebi de que a tarde começava a cair e havia um por de sol incrível entrando pelas janelas das gaiútas e das vigias.

Me banhei rapidamente e subi ao convés. O por de sol mais o cheiro da chuva no ar me fez sentir o que é estar vivo e em paz. Se estivesse no furacão, então devia estar no olho dele. Tudo parado.

Não sei quanto tempo irão me manter por aqui e fico pensando se um ser humano tem a liberdade mesmo de ir e vir para qualquer lugar do nosso planeta.
Hoje, eu e o barco estamos proibidos de sair de onde estávamos. De navegar, isso havia se tornado a minha paixão. Eu teria que cumprir a quarentena dentro do barco por uma semana, sem poder sair, até para comprar mantimentos ou qualquer outra coisa qualquer.

Se tivesse que sair para comprar algum remédio, precisaria primeiro passar um rádio para a Capitania dos Portos do local, informando que precisaria de tal medicamento, e eles mandariam alguém que fosse do serviço social me trazer. Ai a minha quarentena passaria de sete para quarenta dias de fato.

Como eu estava bem e o meu querido veleiro também e, ainda por cima, estávamos no Caribe, numa ilha que trata muito bem os seus turistas e navegantes, me deixei relaxar um pouco e buscar um vinho Argentino que havia ganhado de um primo que mora em Buenos Aires e que veio me visitar em João Pessoa.

Havia gostado tanto do vinho que, antes de partir, procurei pelo mesmo, mas não o encontrei na cidade onde morava. Como sabia que todos os vinhos produzidos na Argentina eram de ótima qualidade, comprei seis da marca Capitán Tomás Reserva 2017 (Tinha que ser de um Capitão do mar) e como o Brasil também produz ótimo vinhos, trouxe também seis garrafas, sendo dois Armando Memória Touriga Nacional 2016 — Peterlongo (Tinto), duas garrafas do Intenso Marselan 2016 — Salton (Tinto) e para finalizar, duas garrafas do notável Fração Única Cabernet Sauvignon 2014 — Casa Perini (Tinto).

Minha pequena, mas muito útil adega para comemorações de objetivos náuticos alcançados, ou simplesmente, vou tomar uma, mas sem me embebedar e perder o rumo.

Abri um Capitán e solvi aos goles à minha vitória, ou melhor, brindei aos céus, para **Elohim,** por terem me ajudado a chegar até aqui.

Não havia feito ainda a tão sonhada travessia, mas e dai…A vida é feita de vitórias e fracassos, de alegrias e de choros, de Saúde e doenças, de amizades e inimizades enfim é ambígua na sua essência e por isso temos também sol e chuva, dia e noite, céu de lua cheia e breu...Sorriso e cara fechada.

Por causa de algo onde ninguém sabe ao certo o que vai acontecer, essa pandemia tem transformado a vida de todos, e assim como o melhor foi ficar em casa por algum tempo, quem sabe o melhor para mim está sendo ficar por aqui, ancorado, mas no paraíso. Sou mais um, de tantos afortunados turistas que puderam ter a oportunidade de conhecer o Caribe. Não tenho como praguejar.

Fica a saudade dos filhos, irmãos e amigos, e que um dia iremos todos nos reencontrar e nos divertir muito.

Na minha vida tem sido assim...Sempre. Nivelado pelo topo e quando fiz reclamar de algo, sempre olhei ao redor e tive consciência de que havia, sim, motivos para choradeira, mas na minha zona de conforto eu estava chorando sem perceber que estava abrigado. Me senti muitas vezes envergonhado das fúteis reclamações.

Assim este velho marinheiro fecha a rota e, aguardando nas águas azuis do mar mais bonito que Deus fez no nosso planeta, que novas portas e fronteiras se abram, para que eu e o **Elohim**, possamos navegar, quem sabe por uma rota de bons ventos que me leve de novo até onde eu desejar.

Bons ventos para todos.

Mulheres que vivem à bordo dos veleiros

Se tu faz, eu faço.

Quero finalizar este livro contando algumas histórias de mulheres que vivem ou viveram em seus barcos.

Se para nós, homens, foi arrojado de nossa parte nos tornarmos marujos, enfrentando de frente os nossos medos e tomando conhecimento, às vezes, na pratica, percebemos que a força não nos serviu muito, e sim a inteligência. Quem melhor para usufruir deste ambiente do que as mulheres?

Depois da primeira velejada, perna tremendo, fazer a segunda, a terceira; errar, aprender com os erros, parar para fazer manutenção, aprender a fazer a manutenção, não ver a hora de colocar de novo o barco na água...Adrenalina a mil...Velejar, errar de novo, aprender, aprender...

Liberdade significa Responsabilidades , assim se expressava George Bernard Shaw, dramaturgo.

Imagina para as mulheres, que são por natureza inteligentes e corajosas, aceitarem de bom grado o desafio de morar só num veleiro.

Habitar este universo que em épocas passadas, era habitado somente pelos homens, era necessário muito mais do que coragem. Era necessário fibra...Muita fibra.

Hoje em dia, existem centenas, milhares de mulheres que vivem nos seus barcos, sós, acompanhadas, com seus filhos, cachorros ou qualquer outro bicho de estimação.

Navegam pela costa ou cruzam os mares. Fazem a própria manutenção de seus barcos e fazem história, são exemplo de dedicação, coragem, por terem enfrentado o medo e visto que o desconhecido era na verdade um mundo que lhes proporciona muito mais prazer do que medo e decepção.

Vamos as histórias de algumas das muitas veladoras brasileiras (estendo à toda veladoras esta homenagem, na figura das citadas abaixo):

Izabel Pimentel: Nascida no estado do Mato Grosso do Sul, foi a primeira brasileira a cruzar o Atlântico em solitário. A primeira brasileira e latino-americana a dar a volta ao mundo em solitário, mas nem tanto, foi acompanhada de sua gata Mimi. Fez também travessias de remo pela costa brasileira e também na costa Portuguesa e na costa Espanhola por mais de 300kms somente na Espanha.

Foi após os 20 anos de idade, morando no Rio de Janeiro é que tomou gosto pelo mar. Começou fazendo Windsurfe e outros esportes de praia. Morou antes do Rio, no sul pais e após o Rio de Janeiro, foi morar em Paraty onde tomou gosto de vez por velejar.

Foram tantas vitórias desta velejadora sul-mato-grossense que somente colocando em ordem cronológica para ver a dimensão dessas conquistas:

(Fonte Amandina Morbeck)

- Em 2007 Izabel não conseguiu participar da Minitransat. Fez então sua segunda travessia do Atlântico partindo de Sète, na França.
- Em 2008 foi entrevistada pelo Jô Soares.
- Em 2008 lançou o livro A travessia de uma mulher.
- Em 2008, foi a primeira brasileira a participar da Regata Oceânica Recife/Fernando de Noronha (Refeno) em solitário. Para essa aventura, levou seu Petit Eric.
- Em janeiro de 2009 partiu de Paraty e chegou à França, realizando sua terceira travessia do Atlântico.
- Também em 2009 consagrou-se como a primeira brasileira a participar de uma regata transoceânica, a Transat 6.50 em solitário.
- Izabel soma quatro travessias do Atlântico num barco de 21 pés em solitário.
- Tornou-se a primeira brasileira – e a primeira latino-americana – a fazer, sozinha, a volta ao mundo num veleiro.

- Em março de 2015 lançou o livro Águas vermelhas – a paixão que mudou uma vida.
- Seu novo projeto é preparar o veleiro Don para chegar à Antártida.
- Tem em seu currículo mais de 66.000 (122.230 km) milhas náuticas.

Carina Magri: Mora com Abgail, uma Bulldog Francesa num veleiro de 23 pés (Miss Cuca). Geralmente fica ancorada no Bracuí em Angra dos Reis.

Desde os quatro meses já estava à bordo do veleiro de seu pai. Aprendeu a velejar num veleiro monotipo de bolina (Optmist) e passou um bom tempo até que seus pais compraram um de 16 pés e depois adquiriram o Miss Cuca.

Velejar junto com o seus pais era o que mais gostava e sua mãe também amava passar finais de semana no barco.

Depois do falecimento do seu pai, o veleiro ficou parado e somente nas férias é que passava dias no mar, aproveitando o veleiro e o colocando para velejar de novo, até que um dia, morando no Rio de Janeiro, o destino a colocou em uma encruzilhada e teve que escolher o que fazer da vida, ai ela escolheu viver no veleiro. Chegara a hora de ela morar no Miss Cuca; alugou o seu apartamento na cidade e foi morar no barco.

Tem como formação Designer e também Terapeuta corporal e sua última função foi como Designer de estampas e ela aproveitou para aplicar todo o seu conhecimento e experiência no barco, transformando a pequena área de convivência num local muito aconchegante.

No dia a dia ela também é marceneira, eletricista e tudo o que se fizer necessário para fazer a manutenção do barco.

Vale a pena assistir aos seus vídeos no Youtube, inclusive o feito pelo velejador Adriano Protzki do hashtag SAL. Adriano é um grande mestre das velas, com uma visão filosófica da vida no mar e um navegador bastante admirado por todos. Vive no veleiro com sua esposa Aline Sena.

Cristina Amaral: (Fonte Revista Marie Clarie e Vera do canal Sanada)

Com 32 anos, esta paulistana criada em Minas Gerais, deixou de trabalhar com o ramo de alimentação e decidiu se aventurar no mar. Sua primeira experiência no mar foi aos três anos de idade em cima de uma jangada em João Pessoa na Paraíba. Jovem, começou a navegar na Lagoa dos Ingleses, lagoa artificial situada em Nova Lima, distante 36kms de Belo Horizonte.

Hoje ela é Capitã de barcos e habilitada para comandar barcos em todos os oceanos, no modo esporte, turismo e lazer, exceto navios, e só não chegou lá porque no tempo em que tirou sua carteira do topo de comando de barcos, a Marinha não aceitava mulheres e ela então passou a se desafiar atravessando oceanos, indo e vindo em solitário.

Quando navegou como maruja em barcos e navios grandes, algumas vezes se viu desafiada por outros marujos nas mesas de refeição. Um dia, cansada das piadas machistas e indiretas ou diretas para o seu lado, se levantou e desafiou ainda mais o lado machista do desavisado…Nunca mais fizeram piadinhas com ela e passou a ser muito respeitada por todos, tratando-a por igual. Muitas vezes teve que fazer melhor do que os homens, para obter respeito. Suportou muito naquela época, até que fez história com seus feitos e passaram a admirá-la e respeitá-la.

Hoje em dia, gosta de navegar em altas latitudes onde o desafio da navegação é muito maior do que nas médias e baixas latitudes. Gosta sempre de ser desafiada e de vencer. Marolinhas não é algo que lhe traz mais adrenalina. Esta paulistana de nascimento e mineira de coração, não esta para brincadeiras no mar. Gosta demais de respeitar o oceano e tudo o que envolve nele e adora ensinar os outros, felizardos que são, por passarem alguns dias aprendendo a velejar com esta mulher que se tornou referência no meio náutico.

Mas se vocês pensam que ela desafiou somente o mar, se enganam... Com trinta e seis anos, morando em Vitória, recebeu a ligação de um amigo de Maceió que informou que tinha um veleiro esperando por ela em Salvador. Este veleiro precisava de muitas reformas, pois tinha um rombo no boreste dele que cabia 08 mulheres grávidas nesta abertura no casco... Mas deram para ela, de graça!
Chris não pensou muito...Pegou uma motocicleta Vespa com tralhas e peças sobressalentes e um arco e flecha para pegar alguns peixes para comer pelo caminho e bora pela estrada...Ia de Vitória do Espirito Santo até Fortaleza de lambreta...Numa das paradas, na divisa com a Bahia, um policial rodoviário viu a placa de sua motoca que era licenciada em Belo Horizonte e perguntou para ela onde

estava indo...Ela informou que havia ganhado um veleiro em Salvador e estava indo buscar.

O policial pediu que esperasse e depois de alguns minutos voltou com outros policiais e informou...Vejam só o que é capaz um mineiro de fazer, só para ver o mar...Caíram todos na gargalhada e ela foi liberada para seguir viagem. A distancia de Vitória-ES para Salvador-BA é de cerca de 1200kms e de Vitória até Fortaleza, é de cerca de 2.200kms.

Chegando em Salvador foi ver o veleiro de 27 pés que havia ganho e verificar o tamanho do rombo e não querendo perder tempo, deu uma esticadinha até Maceió para visitar o amigo que a avisou do barco...Isto tudo com a sua motocicleta Vespa. Chegou em Maceió, visitou seu amigo e pegou estrada até Olinda onde foi convidada para montar uma escola de vela. Acabou por montar a escola e quando viu, estava já à caminho de natal. Ajudou a montar também uma escola de velas em Cabrália na Bahia.

Na volta, após montar e ajudar na montagem de algumas escolas de velas entre Fortaleza e Angra dos Reis, mas sempre à bordo de sua motocicleta Vespa, viu que era a hora de navegar e com o seu próprio veleiro. Quando chegou em Angra dos Reis, acabou comprando o seu barco, o Aquarela, um Atoll 22 pés.

Finalmente ela teve o seu próprio barco.

Para morar a bordo, ela ganhou de um Português que havia construído um veleiro de 24 pés, um projeto deste barco. Sem experiência nenhuma de como construir, sobre fibras e demais materiais, acabou por consultar velejadores que construíram o seu barco e descobriu que muitos levaram cinco, dez anos para terminar a construção e ela não tinha tempo, embora tivesse nesta época cerca de 32 anos, o tempo que tinha, queria dedicar ao mar e não em terra construindo por anos o seu novo lar.

Fez vários cursos profissionalizantes que poderia lhe ajudar quando estivesse no mar, além de ir tirando suas habilitações para pilotar barcos.Fez até um curso de primeiros socorros, porque queria muito estar autônoma e muito bem preparada no mar.

Em seguida, embarcou em embarcações como tripulante, para aprender bastante e foi lá que adquiriu muita experiência que lhe ajudaram no decorrer de sua jornada no mar, apesar de ser o que chama de "tripulante escrava" porque trabalhava pela comida e pela passagem de volta.

Quando viu que ela era muito requisitada para ir em determinados barcos, percebeu ali que poderia cobrar pelo seu trabalho e que havia adquirido expertise nas tarefas que executava. Nascia ali uma Capitã de respeito.

Após, recebeu um convite para capitanear na Itália um barco de vinte e quatro metros (80 pés). Aceitou e foi comprar um livrinho tipo de bolso para aprender a língua Italiana. Correu para tirar o seu passaporte e quando chegou na Itália, tentava falar a língua e pedia que a corrigissem...Assim se fez entender e continuou sua longa jornada em águas italianas.

Poderia escrever sobre esta incrível velejadora que tem história para mais de dez livros, mas leiam os seus livros, vejam os seus vídeos e assim darão reconhecimento à esta magnifica Capitã dos Mares.

Para encerrar este capitulo, o que mais Chris Amaral gosta de fazer hoje em dia é dar aulas de navegação para mulheres. Ela se junta esporadicamente com Silvia Gastaldi para, juntas, num veleiro preparado para receber as futuras velejadoras, que irão aprender com estas duas Capitãns dos mares todas as suas habilidades e ouvir as suas histórias...Oportunidade única...Imperdível!

Silvia Gastaldi: Silvia é capitã amadora há quase nove anos e proprietária do veleiro Yarebe. Tem uma famosa frase:"Lugar de mulher é no mar e onde ela quiser".

Juntamente com Chris Amaral, realizaram vários cursos de veleiro para travessia oceânica e com somente mulheres à bordo.

Esta decisão, se deu em função da necessidades de futuras velejadoras que assim poderiam se sentir mais à vontade num barco capitaneado e tripulantes mulheres.

A proposta é de que as futuras navegadoras, experimentem a navegação oceânica com estas capitãns preparadíssimas nos mares, para depois de formadas por elas, fazerem as suas próprias velejadas com toda segurança e prazer possível.

As viagens para treinamento de travessia oceânica são feitas num veleiro Dufour 450 Grand Large, o Yarebe de propriedade de Silvia Gastaldi, um veleiro de cruzeiro preparado para navegação em alto mar.

Por ser um barco projetado 100% para fazer com total segurança as travessias oceânicas. Tem capacidade para que seis pessoas viagem com muito conforto. Os cursos, quando anunciados, as quatro vagas são preenchidas rapidamente.

Os cursos são realizados em duas pernas de navegação...Uma parte de Recife para Salvador e a segunda de Salvador para Paraty. O mais importante é que Silvia e Chris vão explicar à todas como viver à bordo dos seus futuros barcos. Até 2019, meados de Julho, existiam somente cinco mulheres com barco próprio e navegando através de suas habilidades.

Mulheres que fizeram história na aviação

Quando comecei na aviação, havia somente uma mulher piloto de linha comercial. Ela se chamava Lucy Lúpia Pinel Baltasar Alves de Pinho (Rio de Janeiro, 7 de setembro de 1932 - 24 de maio de 2012). Antes de Lucy, quatro mulheres foram as primeiras (pela ordem abaixo) a obter um breve de piloto na história da aviação brasileira.

Thereza di Marzo, Anésia Pinheiro Machado, Ada Leda Rogato e Joana Martins Castilho D'Alessandro foram essenciais para a transformação de um cenário que, antes, era exclusivamente masculino e que deixaram os alicerces prontos para que Lucy andasse (ou voasse) sobre eles.

Todas elas...Lucy, Thereza, Izabel, Cristina, Silvia, Anésia, Ada, Carina, Joana...Todas, sem exceção, desafiaram dogmas e enfrentaram tabus inimagináveis para os dias de hoje, e tinham algo em comum...Aceitavam desafios e os superavam. Ai vocês poderão dizer...Mas elas nasceram para isso e eu lhes respondo...Elas, todas elas não teriam nascido para isso se não conseguissem superar os seus receios, enfrentado os seus medos e passassem a amar a nova profissão.

Bons Ventos para todos, nos céus e nos mares, independente do sexo, crenças ou de tantas coisas que tiveram que deixar para trás para seguir os seus sonhos.

Vale muito a pena quando dominamos os nossos medos e descobrimos que por trás deles, há um novo mundo que poderá nos tornar muito mais felizes e realizados.

Made in the USA
Las Vegas, NV
03 November 2021